JN074508

私と同じですね、
って言ったんです

I said, it's the same as me.

灰の魔女イレイナ

魔法使い最高位「魔女」の少女。
路銀を稼ぎながら長い旅を続ける。

THE JOURNEY OF ELAINA
CHARACTER
砕石の魔女
リリーティア
平和国ロベッタ出身の魔女。
イレイナと面識がある。
常夏の魔女
ウルスラ
リゾート地「常夏の国」の魔女。
天候を操るほどの力を持つ。

リエラ
刀を持った魔法使い。
とある滅びた国を目指している。
ルノワ
巨大な竜の背中にある、
移動式宿屋の店主。

さあ折れ。オレ様をへし折れ。
でないとお前が死ぬことになるぞ

何度も何度も、それから彼女は私に刃を向けました。
その度に私は避けて、時折魔法で牽制をしました。

魔女の旅々 13

THE JOURNEY OF ELAINA

CONTENTS

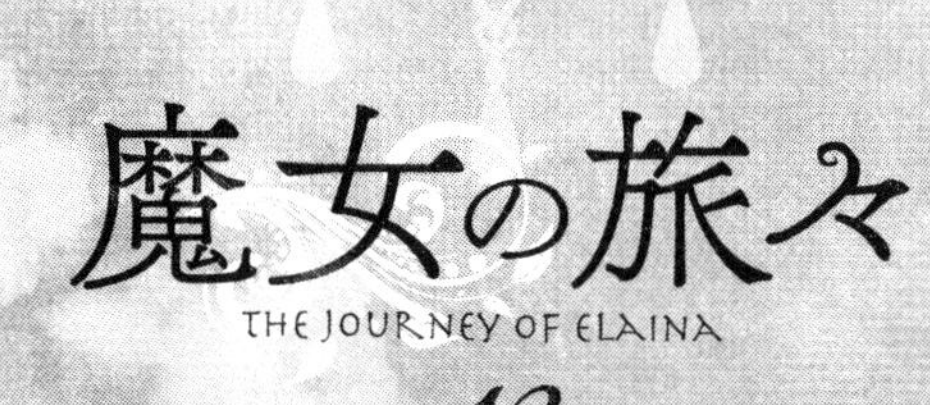

魔女の旅々

THE JOURNEY OF ELAINA

13

Shiraishi Jougi
白石定規

Illustration
あずーる

第一章　旅人の一日

大都市国家レコルタの大通りにて待つことおよそ一時間。

旅人のミーアさん（仮名）はひらひらと手を振り、笑みを浮かべながら現れた。黒のローブを身にまとう彼女は旅人であり魔法使いだ。見た目は十代後半から二十代前半程度で、顔立ちはまるで人形のように美しく整っている。

「いやあお待たせしてすみません」

えへへ、と首を垂れるミーアさん。

私は彼女に会釈を返しながら時計を見る。

――来る途中、何かあったのですか？

一時間の遅刻である。

「パン買ってたら遅れちゃいました」

特に悪びれることもなく、彼女は平然と答える。

――なるほど。

「あ、ご安心ください。遅れたお詫びとしてあなたの分も買っておきましたよ。はいどうぞ」

――ありがとうござ、

THE JOURNEY OF ELAINA

「あ。ちょっと待ってください。一個丸々あげるのはなんかちょっと勿体ないので、半分こしましょう」

そう言って彼女はパンをちぎる。

「はいどうぞ」

渡されたのはパンの切れ端であった。

明らかに半分ではない。

「これで遅れた分はおあいこですね」

明らかに半分ではない。

――ありがとう、ございます……。

「ふふふ。どういたしまして」

天真爛漫に笑う彼女。彼女にとっては約束に一時間遅刻することなど些末な問題なのだ。

旅人とは自由気ままに国から国を渡り歩く者を指す言葉だ。国のしがらみに囚われることなく、彼女たちはどこにでもいて、尚且つどこにもいない。時間に縛られることなく彼女たちは自由そのものを肌で感じながら生きている。自由そのものと共生しているといってもいい。

約束に遅刻したから何だというのだろうか。

むしろ約束の場所まで来てくれたことに我々は感謝すべきなのである。

「いいことを教えましょう。旅人の一日は、朝、目を覚ましたその瞬間から始まるのですよ」

つまり彼女はこう言いたいのだ。

旅人の一日を取材する、と言いながら、実のところ私はこうして待ち合わせ場所でボンヤリと待っていた時点で、旅人の一日の取材などできてはいないのではないか。一日を取材するならば目を覚ましたその瞬間から取材をすべきなのではないか。

私は言葉を失った。

まさか取材を始めてたった数十秒で新たな価値観に出会えるとは思ってもみなかったのだ。

――ちなみに今日は何時ごろに目を覚ましたのですか？

「え？　あー、ついさっきですかね」

私は言葉を失った。

旅人ならではの自由な発想

国に定住する者が旅人として国を渡り歩いている者に対してまず最初に抱くであろう疑問が一つある。

国から国を渡るためには当然、資金繰りの問題とは切っても切り離せない。金が無尽蔵に湧くわけでもない限り、旅を続けるために必ず金銭を稼ぐ必要が出てくるものだ。

したがって取材の際にまず最初に尋ねた質問は、そんな根本的な疑問だった。

――普段はどのようにして生計を立てているのですか？

彼女は歩きながら答える。

「ふふふ。それを今からお教えしますよ」

不敵な笑みを浮かべ、直後に彼女は首をかしげる。「ところで記者さんは効果的なお金儲けのために必要なものって、何だと思いますか？」

――必要なもの、ですか。

漠然とした問いかけに私は首をひねる。一体どのような答えを彼女は期待しているのだろうか。旅人として様々な国を渡り歩き培われ、洗練されてきた彼女の価値観に見合う答えなど私の浅慮な頭からでは絞れど絞れど出る気配は微塵もない。しびれを切らしたのか、彼女は数秒待ったのちに、

「正解をお教えしましょう。度胸です」

と語った。

――度胸、ですか。

「そう。度胸です。たくさんのお金を手にするためには、やはりリスクは背負わなくてはなりません。規模は違えどお金儲けというのはことごとくギャンブルと同じような側面を持っているものです。安全な道にばかり進めば当然、得られる金銭はそこそこ。しかし危険な場所に飛び込めばそれ相応の対価が返ってくるものです」

――なるほど。

旅人ならではの価値観による言葉を期待したにもかかわらずあまりにも普通すぎるコメントに私は驚いた。『旅人ならではの自由な発想』と表題をつけてしまったのだからもう少し捻ったコメントも欲しかったなとも思った。

「というわけで本日はお金儲けのための度胸というものをお見せしましょう」

ふふふ、と笑みを浮かべながら彼女がそれから訪れたのは大都市国家レコルタの大通りにある大企業。

この国に住む人間ならば知らない者はいないとされるほどに有名な宝石店である。窓ガラスの向こうには美しく煌（きら）びやかな世界が広がっている。

庶民（しょみん）では入ることはおろか視線を向けることすら憚（はばか）られるほどに眩（まばゆ）い空間が、そこにはある。

――ここに何かご用ですか？

「ええもちろん」

彼女は頷（うなず）き、店へと入った。

私は躊躇（ためら）ったが、彼女の取材のためには離れるわけにもいかない。遅れて、彼女の陰（かげ）に隠れるようにして、私も入店を果たした。

やや場違いな二人組の入店に、従業員たちは特に気にする様子も見せず、「いらっしゃいませ」と首を垂れる。

「それでは度胸を発揮してみるとしましょう」

旅人のミーアさん（仮名）はそれから真（ま）っ直（す）ぐに従業員の元へと歩み寄ると、「宝石を片（かた）っ端（ぱし）から買いたいのですけれど」と尋ねた。

「片っ端から、ですか？」目を見開く従業員。当然の反応である。

「ええ。具体的にはここからここまで」

「まあ……！」従業員は目を見開くと、「あの、計算してみますね……」と慌（あわ）てて店の奥まで行ってしまった。

――片っ端から買うとなると結構な金額になると思いますが。

「あ、記者さん。何か欲しい宝石、ありますか？　せっかくですから一つ差し上げますよ」

――すみません。気持ちは嬉しいのですが、お金はあるのですか？　結構な値段すると思うんですけれど……。

「大丈夫です」

――マジですか？

「マジですよふふふ」

悪い顔とともに謎の自信に満ちた返事をしてみせるミーアさん。

宝石店で端から端までとりあえず買ってみせる。

これこそが彼女の言う効果的なお金儲けのための度胸なのだろうか。信じがたい額になる予感しかなかったが、しかしミーアさんは至極平然としていた。

お金払えるんですか？　と私が尋ねると、彼女は「ふふふ」と笑ってみせた。

そして従業員が戻ってくる。

「計算しましたところお値段は――」

従業員はやはり信じがたい額をミーアさんに告げるのだった。

そして、その直後のことだ。

「ちょっとこれ見てもらえますか？」

従業員に対して杖を向けるミーアさん。彼女はそして「お値段無料にしろー。お値段無料にしろー。えいっ、えいっ」などと言いながら従業員の顔に向けて杖をひゅんひゅんと振るうのだった。

むむむ、と小難しい顔を浮かべていながらも、やっていることはただ杖を振り回しているだけで、そこはかとなく格好悪さと情けなさとふわふわとした雰囲気が漂っていた。

――それは一体、何の儀式なのですか？

いい歳こいた大人がいい店で一体何をしているのだろうか。

「見て分かりませんか？　お値段無料にしてもらえるように頼んでいるのですよ。えいっ、えいっ」

大都市国家レコルタ。大通りの一角に佇む高級宝石店。豪華絢爛な店内に、いい歳こいて「えいっ、えいっ」などと媚びた声で一心不乱に杖を振る魔法使いの声がこだまする。

私は閉口するばかりだった。

「はい……無料にさせていただきます……」

やがて店員はまるで恋に落ちた少女のように頬を上気させながら袋に片っ端から宝石を詰め込んでいく。

――これは一体どういうことですか？

「見ての通りですね」

――よく分からなかったのですが……。

「えー？　説明しないとだめですかー？　しかたないですねー」

もー、と頬を膨らませながら彼女は語る。「まあざっくり言うとお値段を無料にするように魔法で暗示をかけたんですね」

じゃらじゃらと宝石を詰め込んだ袋を抱えながら彼女は不敵に微笑む。

――すみません。金儲けのためには度胸が必要との話だったはずですが。

「モラルを打ち破る度胸が必要という話ですね」

――そういう度胸は求めてないです。

モラルの向こう側へ

店を出た彼女が向かった先は、宝石店のすぐ近くに位置するブティック。

当然の如く高級店である。

「えいっ、えいっ」

そして当然の如く店員に魔法をかける彼女だった。

――これって倫理的におっけーなんですか？　大丈夫ですか？　怒られませんか？

「記者さん。旅人がどうやって生計を立てているのか、気にしていましたよね？　答えは単純です。お金の気配に敏感であれば旅人は生計を立てることができるのです。お金が集まるところに人が集まり、人が集まるところに旅人は現れるのです……」

――いえこれお金の気配に敏感とかそういう問題の話じゃない気がするんですけど。

「時にはモラルを度外視してやってのける度胸も必要ということですよ、記者さん」

――これただの窃盗では。

「えいっ、えいっ」

——あ、聞いてない。

それから彼女は複数の店舗を渡り歩き、同様に複数の店舗で「えいっ、えいっ」を店員に対して施した。「えいっ、えいっ」とは一体何なのか。一体どのような類の魔法なのか。そしていい歳こいて恥ずかしくはないのか。

彼女は私の問いかけに対し、

「人質が強盗犯と同じ時間を共にすると、次第に仲間意識が芽生え、自らを殺そうとした相手の味方に付くような出来事があるそうです。人質立てこもり事件なんかで稀にあるこれは一種の心理現象なのですけれど、まあざっくり言うとそれと同じです。要するに仲間意識を芽生えさせる魔法なわけです。えいっ、えいっ」

——恥ずかしくは。

「ないです。えいっ、えいっ」

——ところでこれは窃盗では。

「いえいえ私と彼らはお友達。えいっ、えいっ」

——ところで思いっきり魔法を悪用しているのですけどいいのですか。

「いいんです。えいっ、えいっ」

——というか取材でこんなことやっちゃって大丈夫なんですか。

「大丈夫です。あなたも最終的にはお友達にする予定なので」

——えっ?

「財布握って待っててください。えいっ、えいっ」

そんなこんなで既に本日五店舗目である。おそるべきハイペースである。

「ちなみに今日もらった商品の数々はほかの国に持ち込み高値で売りつけます。こうすることで半永久的にお金を儲けることが可能です」

曰く、彼女のような旅人は普段からこうして生計を立てているらしい。旅人の一日とは、つまり数多の国に訪れ、店員を魅了し、物を片っ端から奪うことにより成り立っているそうだ。

——今日一日でどれほどの店を回る予定なのですか？

「だいたいあと五店舗ほどですかね」

——それで一体どれくらい儲かります？

「大体そうですねぇ……日によりますけど、平均すると金貨五十枚分くらいでしょうか。まあ、窃盗一回で儲けは大体そんなもんです」

——いま窃盗って。

「言ってないです。えいっ、えいっ」

——ちなみに今までどれくらいの国で同様のことをやってきたんですか？

「そうですねぇ……、詳しく覚えていないですけれども、覚えている限りだと——」

彼女はそれから私にこれまで訪れた国の数々を列挙していった。隣の国、そのまた隣の国。それから更に隣の国。具体的な国名は伏せるが、彼女は過去半年にわたり、自らの故郷からこの国に至るまで訪れた国々で、高級店に押し入っては魔法で洗脳し、窃盗を繰り返してきたらしい。

被害報告が上がっている国のリストとほとんどの部分で一致している。

——他には特に犯罪っぽいことはやってないですか？

「なんですか犯罪っぽいことって」

——もうこの際なんでついでにゲロってもらっていいですか。

「そうですねぇ……、あ、そういえば私、今日取材の前にパン買ったって言ったじゃないですか」

——言いましたね。

「あれ実は盗んだものです」

——なるほど死罪に値しますね。

「パン泥棒ってそんなに罪重いんですか」

——少なくとも、まあ、私にとっては極刑に等しいですね。

私はそう言って彼女の両手を魔法で「えいっ」と縛り上げる。

——取材にご協力いただき、ありがとうございました。

「なんですかこれ」

——逃げられると面倒なので拘束させてもらいました。

それから私は杖を空に掲げて魔法を放ちました。小さな光がひゅるるる、と上がると、そのまま空の上でぱちん、と弾けます。

その合図を皮切りに大人たちがぞろぞろと私とミーアさんの元へと集まります。この国の高級宝石店やブティックの店員たちから政府の人までさまざま。

「これが例の窃盗犯か」

——そうですね。これまで多くの国々でやってきた犯罪の数々もあっさり自供しましたよ。

「あの、ちょっと。これは一体——」

「連行する」

——どうぞどうぞ。

ずるずると引きずられるミーアさん。私はそんな彼女に手をひらひらと振りながらお見送りし、ついでにその場に集まったこの国の高級店の店主の皆さんに、盗まれた商品の数々を返して差し上げるのでした。

ところでこの記者とは一体どこのどなたなのでしょう？

そう、私です。

旅人の一日

「いやぁ、ありがとうございます魔女様。こんなにも早く解決するとは」

国の役人さんは私に報酬を手渡しながら言いました。

私がこの国の役人さんから依頼を受けたのは数日ほど前のこと。近隣諸国で悪さを働いている魔法使いがこの国にも出没したらしいとの報せがあり、甚大な被害が出る前に捕まえて欲しいとの依頼を受けたのです。

幸いにも既にどこの誰が窃盗を働いて回っているのかは特定できていましたので、あとは捕まえるのみとなっていたそうですが、まあ、相手が魔法使いということもあり、この国も慎重になっていたのでしょう。暴れられたらひとたまりもありませんから、同じ魔法使いの旅人に協力を依頼した、という運びだそうです。

「しかし非常にスムーズでしたな……我々はもう少し時間がかかるものだと思っていたのですが」

「まあ同類が相手でしたからね」ちょろいもんです。

「そういうものですか」

「そういうものです」

旅人であり魔女でもあると、こうして訪れた国から頼みごとをされることなどは稀にあるものです。此度（こたび）もこうして、大都市国家レコルタにてお仕事を一つ済ませたのでした。

「ああいう勝手なことをする旅人がいると困りますな」国の役人さんは、嘆息（たんそく）交じりに言いました。「旅人の誰もがああして悪徳（あくとく）な手口で金儲けをしていると思われかねませんからな」

「いやはやまったくですね。困ったさんですね」

「そういえば魔女様、実際のところ、旅人はどうやってお金を稼いでいるのですか？」

旅人のお金儲けの仕方ですか。

「これどうぞ」ずい、と私は役人さんの手に何枚かの紙切れを押し付けます。

「？　これは？」

「ミーアさんの取材の際にとったレポートです。次から怪しい魔法使いの旅人が来たときのために役立ててください」

「おお……！　それは有難い……！」レポートを私から受け取った役人さんは、しかし直後に少々怪訝な顔を浮かべました。

「あの、その手は一体……？」

私が依然として手を差し出したままだったことが理解できなかったようです。

「ふふふ」

――追加で報酬を頂いても、構わないですよ？

などと私はその場で冗談めかしてのたまい、そこでようやく、役人さんは気づいたようです。先ほどもらった報酬のついでにお小遣い程度のお金を手渡しつつ、役人さんは笑います。

「なるほどこういう感じでお金を稼いでいるわけですか」

役人さんの手には、旅人の魔法使いが行ったグレーなお金儲けのレポートがひとつ。

私は頷きます。

「ええ。そういう感じに稼いでます」

少々悪い顔を浮かべながら頷きます。

こうして旅人の一日は、絶えず紡がれてゆくのです。レポートに綴られているような部分においても、そうでない部分でも、これからも、旅は延々と続くのです。

文＝イレイナ

窓の外は灰色か、もしくはそれに近い白色に染め上げられていました。

ほう、と窓にため息を漏らして窓を曇らせてもさして代わり映えしない程度には、外の景色は白く沈んでいました。

しかしながら。

外の落ち着き払った景色とは裏腹に、私が泊まる宿の内装は極めて浮かれきっています。ベッドやカーテン、布団は落ち着きのない配色のものばかりで、壁に掛けられた名も知れぬ絵画には真夏の太陽の下はしゃぐ街の人々の様子が描かれています。

テーブルにはフルーツの盛り合わせとウェルカムドリンクがひとつ。宿泊に際して高いお金を払ったわりに、ドリンクとして用意されたのは普通にキンキンに冷えたジュースです。おまけにグラスにハイビスカス添えられるくらいの浮かれぶりであり、外の気候にはいささか不似合いであることは否めません。

「……寒い」

というか雪が降るくらいの寒さのなかで冷えたドリンクなど到底飲めたものではありません。

こんな気候のときに冷えたドリンクを出すなど新手の嫌がらせですか——と一瞬思いかけたので

すが、この宿屋の方にとっても、窓の外の雪は想定外の事態であったのでしょう。

私はウェルカムする気のまったくないドリンクの真横でぐったりとしているこの国のパンフレットを、かじかむ手でとり、開きました。

そこには間違いなく、こう書いてあるのです。

『常夏の国　ウルスラにようこそ！』

『この国は常夏の魔女ウルスラのおかげで毎日がからっからの夏！　夏を求めるならばこの国に訪れればとりあえず間違いなし！』

『世界有数のリゾート地として、各国の有名人が別荘を持っています！』

『お手軽にリゾート気分を味わいたいならこの国にどうぞ！』

などなど。

この国に別荘を持っているとされる名も知れぬ有名人が白い歯を誇らしげに見せつけながら「やっぱり夏は最高だぜ！」とか「この国に別荘を持つことが夢だったんです！」と吹き出しで語ってます。

しかし実情はどうでしょうか。

外は雪ですしあほみたいに寒いですし、夏というよりは、むしろ夏はいずこへ？　と思えるほどの景色です。

「むむむ……」

私はこの国の夏っぽい感じを求めて遥々訪れたというのに。

一体ぜんたいどうしてこうなっているのか。
もはや国に着いた時点でこの国は雪に覆われていて、その時点で「あれー？　私、もしかして常冬の国にでも来ちゃったんですかー？」なんて首をかしげたりもしたものですが、明らかにこの国は、紛れもなくウルスラという名の国であるはずです。看板にもそう書いてありましたし、なぜか門の前に立ってる案内人っぽいお方も「ようこそ！　ここは常夏の国、ウルスラだよ！」などと語ってましたし。半袖で。

街を少し歩いてみれば魔法使いの女の子の姿が多く見受けられました。

一級のリゾート地として知られるこの国は毎年、この時期になると近隣の国々から魔女を目指す女の子たちがわんさか集まるそうです。なんでも観光ついでに魔女見習いの昇格試験を受けに来る子が多いのだとか。

ちなみに合格率は他国と比べて最低レベル。理由は言わずもがなでしょう。

ゆえに常夏の国が常冬のような有様になっていることに彼女たちはひどくご立腹でした。

「常夏って……どこが？」「これ雪だよね。この国では夏に雪が降るの？」「えー！　これじゃ試験後に遊べないじゃん！　やだもぉー！」

などなど。

私は女の子たちを眺めつつ街を歩きました。

それからほどなくした頃です。

「ん？　あれ、ねえ。あなたもしかして、イレイナさん？」

むむむ？

どこからともなく私を呼ぶ声が。

くるりと振り返ると、胸元に星をかたどったブローチ——魔女である証を携えた女性が、手をふりふりと振りながらこちらに歩みを進めていました。

「あー！　やっぱりイレイナさんだぁ」

「…………！」

薄いピンク色のローブと三角帽子。大きく開いた胸元。茶色のくせっ毛は緩くウェーブがかかっていて、そして翠色の瞳の下には泣きぼくろが一つ。見覚えのある外見で、それは数年の時を経ても、かつての面影を残したままでした。

少し背は伸びたかもしれません。少し、前より大人びたかもしれません。

けれど彼女は彼女のままでした。

私はこの人を、知っています。

「えっと、どなたでしたっけ……？」

名前は忘れましたけど。

誰でしたっけ。えっと……。

「もう！　ひどいなぁー。私だよ、私。リリーティア」

「あー。リリーティアさんでしたか。そうでしたそうでした。どうも」

「ほんと久しぶりだねぇ！　えへへ」

甘ったるい声を漏らしながら彼女は私の肩を叩きます。痛い……。

　私と彼女が出会ったのは、かつて私が魔女見習いになるための筆記試験を受けた日のことでした。確か隣の席に腰を下ろしたのが彼女で、なんだか終始ぽわぽわふわふわとした雰囲気の彼女に、幼いという理由だけでやたらと絡まれたのは今でも忘れません。

　同郷の者とこんなところで会うとは驚きですね。

「こんなところで何してるの？　もしかしてイレイナさんも筆記試験の試験官さんのバイト？　よかったぁ～。知ってる人が一緒に試験官さんをしてくれると心強いよぉ」

　私は首を振りました。

「いえバイトの予定はありませんけど」

「？　ええ？　じゃあ何しにこの国に来たの？」

「旅の気まぐれで立ち寄っただけです」

「そうなんだぁ」ほんの少し残念そうに彼女は声を沈ませましたが、直後にまた笑顔を咲かせるのでした。「あ、でもぉ。よかったら、一緒にやってみない？　試験官さん。ちょうど今、この国ってば雪が降ってるじゃない？　常夏の国なのに。だからね、人手が足りないらしいの」

　リリーティアさんは紙切れを一枚、私にくれました。『人気リゾート地で試験官をやろう！』という煽りのもと、名も知らぬ有名人が白い歯を見せながら「やっぱりリゾート地のバイトは最高だぜ！」とスマイルを浮かべています。またこいつか。

「どうして雪が降っただけで人手が足りなくなるんです？」

「えっとねぇ、『私はリゾート気分をお手軽に楽しむために昇格試験の試験官を志願したのに雪とかふざけんな』とか『話が違うわ。帰らせてもらう』とか、『灰色の髪の魔女がこの辺りにいるって噂を聞きつけてやって来たってのに姿が見当たらないんですけど？　ぼくもう帰りますからね！』とか、そんな感じで文句を言って大半の試験官は帰っちゃったの」

「どいつもこいつもやる気なし子ちゃんですか」

というか今若干気になる台詞が聞こえましたが……？

「しかしお見受けしたところあなたはよこしまな動機でこの国に来たわけではなかったんですね」

私は首をかしげました。するとリリーティアさんはえへん、と胸を張り、

「もちろん！　私は常夏の魔女ウルスラさんを見たかっただけだからね！」

「よこしまな動機ですねそれ」

「えへへ」ぱちんと私の肩を叩くリリーティアさん。

いった……。

「それで、どうする？　イレイナさん、見た感じ、魔女になってるみたいだから、多分、試験の運営側も喜んでくれるはずだよ」

されど私は首を振りました。

「私の柄じゃないんでやめときます」

「むぅ……残念」

ぷくー、と頰を膨らませて不貞腐れるリリーティアさんと、それからしばし会話を交わしてから、

私たちは別れました。

「それじゃ、気が向いたら試験官のバイトに来てねー！」と遠くのほうで声を張る彼女に、ひらひらと手を振りながらお別れしました。

それからというもの。

私はその辺を適当に宿屋を探すために常夏とはかけ離れた雪景色の中をひたすら歩き、その末にはやり外の景色とはちぐはぐな印象を抱く宿屋へと辿り着いたのです。ちなみにお値段はかなり高額でした。

よく考えてみれば毎年この時期に各地から女の子が大量に流れてくるのですから、宿屋にとっては稼ぎ時ですしね。「へへへ多少高くしてもどうせ泊まるだろ。ちょろいもんだぜ」などと金を数えてる宿屋の主人どもの顔が目に浮かびます。

とまあ。

そんな感じの流れを経て、私は宿屋の窓からぼうっと街を眺めることに至ったというわけです。

しかしどうして街が雪に覆われることになったのか。……は、まあ別にどうでもいいんですけど、暇ですし、散歩のついでにでも聞いて回るのも悪くないかもしれませんね。

私は再びパンフレットを見やりました。

『この国は常夏の魔女ウルスラのおかげで毎日がからっからの夏！』

恐らくこの魔女の身に何かが起こったのだろう、ということだけは想像に難くありませんでした。

○

タイツを履いて、マフラーもくるりと巻いて、私は街を歩きました。

街は相も変わらず雪まみれ。足元でもこもこと音をたてながら潰れてしまえるほど降り積もっておいででした。

街は静かなもので、お店はどこも閉まっていました。この国における商売はそもそも夏を前提として成り立っているものが多いようで、雪の下では売れるものも売れないのでしょう。お店が開かなくなったために民衆も出歩く理由がなくなり、街は静寂に包まれました。

常夏の国でお買い物あるいは商売ができなくなった民衆の怒りがそれからどこに向かうのかは言うまでもないでしょう。

「……む」

街の大通りをしばらく進んだ頃、私は人だかりを見つけました。

毛布で全身をくるんだ民衆が、とある屋敷の門の前にたむろしているのが見えます。

見上げるほど大きな門は、人を拒むようにがっしりと閉ざされていて、そこには「常夏の魔女ウルスラ様の屋敷」と綴られています。つまるところその通りこの国の気候を操っている魔女さん張本人のお屋敷なのでしょう。ところで自分自身に敬称をつけるのってどんな気分なのでしょうか？

「どうかなさったんですか？」

私は人だかりの中にいた女性の毛布をつまみました。

振り返った女性の鼻は真っ赤になってました。

「魔女さん！　聞いて頂戴！　ウルスラとかいう女がこの国をこのザマにしたくせに屋敷から一歩も出やしないの！　これはもう火あぶりしかなくってよ！」

なぜか横にいた男性もこちらを振り向いていました。

「ふざけてやがるぜまったく……この国は常夏だからこそいいってのに……！　誰が雪を降らせろだなんて頼んだんだよ！」

要するに彼らも試験を受けに来た女の子たちと同様にご立腹でした。

彼らに話を聞いてみれば、この怪奇現象が起きたのは、つい数日前のことだと言います。

魔女見習いへの筆記試験の会場準備のために各地から魔女の一部が試験官として訪れ、同じくウルスラさんもこの国を代表する魔女として会場に出向き、あれこれと準備をしたそうです。

ところが会場から帰ってきた彼女はひどく落ち込んでおり、それからすぐに夏が過ぎ去り、この国に突然、冬が到来したのだそうな。

そして本日観光ついでに試験を受けにきた女の子たちはもれなくぶち切れ。試験官たちもぶち切れ。街人たちも当然ぶち切れ。そして私もぶち切れ。まさしく地獄絵図。

誰が見ても、その会場設営のときに何らかの事件があったのは明白ですね。

「なあ、あんた若いが、魔女だよな？」

話をひとしきり聞き終えたあと、誰かが言いました。「なあ、もしよければ、ウルスラさんのもとに行って、何があったか聞き出してくれねえか？」

誰かが同調しました。「そうそう。俺たちだと、魔法で何されるか分かったもんじゃねーしよ」門を叩いていた人々の声が一つにまとまっていくような気配がありました。「それは名案だわ！」「相手が魔女なら話しやすいだろうしな！　頼んだぜ、魔女さん！」

まだ私の返事を聞いてもいないというのに、すでに私に頼むことで決定しているかのような雰囲気です。

ふざけないで頂きたいですね。

なぜ私がこんな面倒くさそうなことに首を突っ込まなければならないのか。

とっとと断っちゃいましょう――。

「誠に申し訳ないんですけど――」

「ちなみに俺たちはそれなりに蓄えがあるぞ」「ここリゾート地だしね」「報酬は期待してくれていい」

「全力で解決して差し上げましょう」

さあとっとと行くとしましょうか。善は急げといいますし時は金なりともいいます。

え？　閉ざされた門？　はー？　こんなのぶっ壊しちゃえばいいじゃないですか。えい。

○

門はぶっ壊しました。

扉も氷のようにびくともしなかったので、これも同様にぶっ壊しました。出てこないならば壊すほかありません。そもそも扉も門も開けるためにあるのだから開かないというのはもはや元々の役割を成していないに等しいものです。私が通ったあとにきっちり修繕しておいたので問題はないでしょう。

屋敷の中は雪に覆われた外よりも凍えていて、まるで雪国というよりは、氷の中に閉じ込められたような、そんな冷たさがありました。

こんな場所に長居をしたらすぐにでも凍死してしまいそう。

「………」

もしや常夏の魔女などというウルスラさんは既にお亡くなりになっているのでは。

一抹の不安が過ぎったほどでした。

が、彼女は存命であるようです。屋敷の奥、廊下の突き当たりの部屋から、わずかにすすり泣く声が漏れていました。

私はそこまでゆっくり歩みを進め、やがて、立ち止まります。

「どうもー」

こん、こん、とこぶしで扉を叩きます。

返事はありません。

「こんにちはー」

ごん、ごん、と扉を蹴ります。

返事はやはりありません。

「……この扉もぶっ壊しちゃいますよ?」

「ひいいっ!　やめて頂戴!」ようやく返事がきました。「というかあなた誰よ!　ここはわたくしの屋敷よ!」

「私、イレイナといいます。灰の魔女、イレイナです」

「……魔女がわたくしに何の用?　何?　雪を降らせたから殺しにきたの?」

「いえ、そういうわけでは」

「うううううっ……辛い、辛いわ……どうしてわたくしばっかりこんな気持ちを抱えなければならないの……!」

「…………」

「たまに気まぐれで雨を降らせれば『おい今日の予定がキャンセルになったじゃないかどうしてくれる』って言ってくるし、かといってずっと晴れにすれば『いつになったら雨を降らせてくれるんですかねぇ。魔女さんは僕たちを干からびさせるつもりかい?』とか言ってくるし……」

「…………」

急に愚痴が始まった……。

「わたくしがこの国の気候を操っていると知っているから気分次第で『晴れさせろ』だとか『たまには雨を降らせろ』だとか『たまには曇りでもいいと思うなー』だとか皆好き放題に言って、でも自分の言葉には誰も責任をとらないのだわ!　曇りを望んだ人のために曇らせても、わたくしがほかの民衆から文句を言われているときには助けてもくれないんだもの!」

「はあ……、心中お察しします……」

しかし、ということは。

「もしかして、この国の人たちからの無下な扱いに耐えきれなくなって、雪を降らせたんですか？」

「ん？　いやそれは違いますわ」

違うんですか。

「むしろ無下に扱われたほうが……その……興奮しますわ……」

「なるほど」

心中お察しして損しましたねこれ。

「その……ね？　あのね、魔女さん、イレイナさん、聞いてくれます？　わたくしの、とっても辛い物語を」

「簡潔明瞭にお願いします」

「あれは、昨日の出来事だったわ――」

「…………」

どう考えても簡潔明瞭に済みそうもない導入の仕方で、彼女はぽつぽつと語り始めました。

それは彼女の、とっても辛い物語――。

「えっと……はあ、はあ……昨日のね、朝……はあ、はあ……ごめんなさい。思い出すだけでちょっと……」

「大丈夫ですか」

「ちょっと興奮が……」

「ほんとに大丈夫ですか」

「やめて！　わたくしのことを心配したりしないで！　もっとおざなりに扱って！」

「私が心配したのはあなたの頭のほうです」

「当然大丈夫ですわ！」

「まじですか」

「なぜならわたくしは生粋のマゾヒスト」

「そうですか……」

「ああ……扉の向こうで蔑んだ目をしているのが……分かるわ……」

「いいからとっとと話してくれますか」

「はあ、はあ……」

「はやく」

そんな流れを経て彼女はようやく、語り始めました。

○

彼女の話を要約すると、こんな感じでした。

昨日の朝、ひゃっはー試験会場の設営だー気合い入れてやったるぜー、みたいな馬鹿高いテンションで家を出た彼女は、踊るような足取りで会場である街の集会場に着きました。

ここで語っておかねばならないのは、まずこの国の気候を左右しているのが、彼女の心そのものである、という点です。

この常夏の国ウルスラにおいて、ウルスラという名は国を代表する魔法使いに与えられる称号であるといいます。つまり常夏の魔女ウルスラと呼ばれている彼女にも本当の名前が別にあるのです。

そういえば確かに彼女は先ほど一度も自らをウルスラとは名乗っていませんでしたね。

「では本名は何というのですか?」

「いやだわイレイナさん。わたくしの本名は添い遂げる相手にしか教えないつもりでいるの」

「そうなんですか」

「聞きたいですか……?」

「いえべつに……」

話を戻しましょう。

この国、常夏の国では数十年に一度、非常に強い力を持った魔法使いが生まれる歴史があるのだそうです。

その魔法使いは強い力と同時に国の気候を左右する力も与えられるといいます。気分が浮ついていれば晴れ。気分が沈んでいれば雨。もやもやとしていれば曇り。

そして絶望すれば雪が降ります。

天気だけでなく気温までもが魔女の手中にあるようで、この国においては四季は存在せず、魔女の気分一つで春にも夏にも秋にも冬にもなるといいます。調子がよければ夏。調子が悪ければ冬。そしてほどよい感じの調子だと春か秋になるそうです。

しかし国の人々からそうあるように望まれているからか、基本的には夏ばかりが繰り返されるといいます。

ゆえに常夏の魔女ウルスラさんは、ひゃっはー試験会場の設営だー、などと張り切って屋敷を出たのです。

「つまり普段は無理して元気に取り繕っているわけですか」

「まあ無理しなくとも基本的には元気でしてよ。わたくし、基本的にいつも興奮していますもの」

「ああそうなんですか」

「ああっ……！　冷たいまなざしを扉越しに感じるわ……！」

「…………」

で。

会場にはよそから来た魔女が何人も集まっており、むしろ彼女が着いたと同時に、会場設営の責任者みたいなお方が説明を始めたので、おそらくは彼女は最後の一人だったのでしょう。会場に着いたときの他の魔女からの視線が最高だったと語ってました。貴様さてはわざと遅刻したな？

「えー、それではみなさん、張り切って会場を準備しましょう。といってもやることは単純で、まずは掃除、それから回答用紙を各部屋に運ぶのと――」

事務的な説明をつらつらと責任者は述べて、最後に「それでは、準備に取り掛かってください」

と皆を退屈な時間から解放しました。そもそもそこにいる魔女たちは今まで何度もこういった雑務を経験しているのです。形式的な説明もほとんどの魔法使いが聞き流していました。

ウルスラさんとて、それは同じでした。

「ふわあ……」

退屈すぎた彼女は、その場で適度に手を抜きながら仕事を始めました。

と、そのときでした。

「………！」

彼女に稲妻が如き衝撃が走りました。

彼女の目の前には、それはもう、今まで見たことがないくらいに、美しい魔女がいたのだそうな。

綺麗で、可憐で、まさにウルスラさん好みの女性。

ああ、こんな子に詰られたらもしかしたらわたくしは絶命してしまうかもしれない。

なんて、ろくでもないことを考えながら、彼女はよだれを垂らしました。きたなし。

ところで人は視線に敏感な生き物であるといいます。人が誰かを見つめているとき、相手もまた、こちらの視線に気づくものなのです。

ということでウルスラさんがその魔女を見たとき——その彼女も、ウルスラさんを、見つめていました。

そして。

直後。

事件は起こりました。

「ああ……！　もしかして、常夏の魔女のウルスラ様ですか？」

とてとて、とお花が咲くような甘ったるい声をあげながら、魔女は近寄ってきました。終始ほわほわとしている、ゆるーい感じの空気をまとっていた女性でした。

「え、ええ……そうだけれど」

たとえ内心が特殊性癖によってドロドロに腐っていてもクールに対応する。それがウルスラさんの流儀だそうです。どうでもいいです。

「私、ずっと前からファンだったんです！　よかったら、サイン、書いてくれませんか？」

ほわほわとした空気はすぐに彼女の心を鷲掴みにしました。

と同時に、今まで感じたこともないような感覚が、彼女を襲います。

「…………」

この一瞬の沈黙の間に、いろいろなことを考えていたそうです。

ああ、この女性は美しい。とてもとても美しいし最高だしもうこの子が顔を真っ赤にしながらわたくしに怒鳴り散らしたりなんかしたらわたくしはもう我慢ができないくらいに——ああ、でも、ダメ、ダメだわ。この、彼女に、それは、できない……なぜならとっても優しいから！　見ただけで分かる優しさ！　この子はきっと優しすぎて、人に怒りを覚えるなんてことはないし、それにこのわたくしに向ける全面的な信頼！　会って一言しか言葉を交わしていないのに、わたくしには分かる！　もし仮にこの魔女ちゃんと付き合ったりなんてしても、彼女はわたくしを無下に扱うことなんてこの先の人生で一度たりともないし、そもそも、この全面的な信頼は永遠に崩れることがないのが、分かる！　きっと今まで、美しいお花畑だけを歩いてきた子なのね！　わたくしのように汚れた人間と一緒にいては、ダメに――。

以下、原稿用紙で要約すると五十枚くらいのことを思案してから、彼女は、

「断るわ。わたくし、あなたのような頭の悪そうな子にはサインを書かない主義なの」

などと、吐き捨てました。

要するに喧嘩したかったみたいです。

されど、その魔女さんはやはりウルスラさんが思った通り、心の清い方だったようで、

「そう、ですよね……ごめんなさい。無理言っちゃって……」

と、やや涙を滲ませて、仕事に戻っていったそうです。

それはもう、心が痛くて痛くて仕方ありませんでした。彼女は人に恨まれたり蔑まれたりするのは大好物でしたが、人を悲しませるのは大嫌いだったのです。

こうして、一生のうちに一度出逢えるかも分からないほどに綺麗で、好みの女の子を無下に扱い、悲しませてしまった彼女は、その後、抜け殻のようになりながら仕事をして、屋敷に戻り、引きこもったというわけです。

「冬の時代だわ……もう、わたくしの人生の夏は、終わった……」

そして街に雪が降り積もりました。

おしまい。

「…………」

私は最後まで我慢して話を聞いたあと、一つだけ質問をしました。

「その魔女さんのお名前、ご存じですか」

話の中に出てきた魔女の、雰囲気というか、特徴というか。

なんとなくというか。

私はその魔女を知っている気がしました。

しばし扉の前で耳を傾けていると、ウルスラさんは、やがて「えっと——」と自らの記憶を辿りながら、その魔女の名を口にするのでした。

「リリーティア、と言っていたわ」

○

さてそれでは状況を整理してみましょう。

常夏の国が突如として真冬になってしまった原因は常夏の魔女ウルスラさんがリリーティアさんに一目惚れをしてしまったことであり、そしてリリーティアさんは私のお知り合いである。お知り合いのリリーティアさんは魔女見習いの昇格試験監督のアルバイトのためにこの国に来ているため、数日もすればこの国を出て行ってしまう。リリーティアさんとこのまま何も進展もないまま日々が過ぎてしまうと二度とこの国に夏は訪れないかもしれず、つまるところリゾート地がお亡くなりになる可能性があるというわけです。

ふむふむ。

なるほどそれは困りましたね。

というわけで。

「イレイナさん、あなたは来てくれるって信じてたよ……ううっ……ありがとねぇ……」

翌日の朝に普通に何食わぬ顔でリリーティアさんのお仕事のお手伝いに向かった私でした。

試験官のアルバイトは主に三つの業務で成り立っており、まず最初に試験の受付。次に試験の説明。そして最後に試験監視のお仕事。

私が到着したときには既に受付のお仕事を始めていたリリーティアさんは、私の予定外の来訪に手放しで喜びました。はわはわとよく分からない言葉を漏らしながら彼女は私の手を握り、「うう……イレイナさんの手、あったかいね」と白い息を漏らすのでした。

受付は会場の入り口で行われます。扉は開けっ放しで、暖房もろくに利いておらず外と大差ないほど寒いのです。

「まあ、人手不足なのを分かっていて見放すのも気が引けましたからね」

私は差し入れとして暖かいお茶を手渡しつつ彼女に答えました。リリーティアさんは両手でカップを手にとり、はわはわと呟いてから、

「すき……」

よく分からないことを言いました。

「好きなお茶でしたか。よかったです」誤解のないよう訂正しておきましょう。お茶ですよね？　私ではありませんよね？

「イレイナさんすき……」

「わざわざ言い直してきた……」

訂正したのに……。

私に好意を向けられるのは少々困るのですけれども——私は入り口の向こう、雪が降りしきる外の世界を見やりながら呟きました。

白銀の世界の中には、これから大事な局面を迎えようとしている受験生たちがぎこちない足取りで、震えながらこちらに向かって歩いています。一体どうしたのでしょう。極度の寒さか、それとも緊張による震えでしょうか。

「………」

あるいは受験生たちを木陰から見つめている不審者への恐怖によるものでしょうか。

「リリーティアさん、あれは」

ちょい、と隣のリリーティアさんのローブをつまみ、私は木陰にいる不審者を指差しました。

そこにいたのは青色の髪を伸ばした一人の女性。ローブは涼しげな空色。髪と同じく青い瞳で受験生たちを——そしてその先にいる私たちを睨んでいました。

「あれって不審者ですよね？　注意してきたほうがよいでしょうか」少なくとも不審者たちから受験生を守るのも私たちの業務の一つでしょうし。

「いえいえイレイナさん。その必要はないわよー」うふふ、と笑みを浮かべるリリーティアさん。
「あれはね常夏の魔女ウルスラ様よ」

　と言いました。

「ああ、あれが」

　そういえば昨日は扉越しにしか話していなかったのでどのようなお顔をしているのかまでは把握していませんでした。存外若いお方ですね。歳の頃はまだ二十代前半程度に見えます。

「じーっ……」

　ところで先ほどからそのウルスラさんの視線が私とリリーティアさんに向かっている気がしてならないのですけれども。

「なんか睨まれてません？」

「きっと目が悪いのよ」

「そうでしょうか」

「ああっ……今日も可憐だわ……」

「あなたもそこそこ目が悪いみたいですね」

　憧れで目がかすんでしまっているのでしょうか。

　やがて木陰のウルスラさんは、おもむろに私たちに向けて一枚のスケッチブックを掲げました。

『調子、どう？』

　たった一言。

そのような言葉が綴られています。

端的に言えば、「は？」としか思えない質問なのですが、こんな寒い中何言ってんだと言いたいところなのですが、その他愛もない一言はリリーティアさんに稲妻が如き衝撃を与えました。

「ど、どどどどうしようイレイナさん！　ウルスラ様が私たちに質問してくれてる！　どうしよう！　きっと私たちが寒い中できちんと仕事できるかどうかを心配してくださってるんだわ！」

「落ち着いてください」

前日に冷たくあしらわれたことなどとうに忘れてしまっているのか、リリーティアさんは感激で今にも泣き出しそうでした。

「わ、私どうしたらいいかなイレイナさん！　大丈夫？　いまの私、可愛い？」

「可愛いですよ」

「えへへ」

恥ずかしいよもぉー、と私の肩をすぱぁん！　と叩くリリーティアさん。

いった……。

憧れの人を前にした緊張でよくわからない精神状態にでもなっておられるのでしょうか——まあいいです。ともかくリリーティアさんが昨日の件を発端にウルスラさんに対して不信感を抱いた様子はありませんね。

私はリリーティアさんから見えないように、こっそりと人差し指と親指でわっかを作って、ウルスラさんにおっけー、と合図を送りました。

双眼鏡で私の指を見つめたウルスラさんは、直後ににやりと笑みを浮かべます。

雪がやみ、ほんのちょっと気温が暖かくなったような気がしました。

端的に言ってしまえばこの国が今置かれている状況をざっくり整理すると、ウルスラさんとリリーティアさんの距離が縮まれば二人は幸せになり、人々は喜び、国は温まり、そして私の懐も温かくなるということではないでしょうか。いえそうに違いありません。

誰も不幸になりません。

なんと幸せなことでしょう。

というわけで、昨日のこと。

扉の向こうに引きこもるウルスラさんに、私は言ったのです。

「私があなたとリリーティアさんを結ぶキューピットの役割を担いましょう」

○

二人を結びつけるために、私はウルスラさんに今日、ここに来るようにお願いしたのです。元より彼女は試験官の業務に携わっていましたから、難色を示すことはありませんでした。

「分かりましたわ。それで一体どうすればリリーティアさんとくっつくことができるのかしら」

「任せてください。私にいい考えがあります」扉越しにしたり顔を浮かべる私でした。

「へえ。どんな考えかしら？」

「それはですね……なんかこう……うまい感じに仲良くなれる感じの作戦です」

「具体的には？」

「なんかこう……うまい感じにあなたとリリーティアさんの距離を縮めます」

「考えなしということね」

「まあでもなんとかなると思いますよ」

とりあえず明日は来てください——とざっくりとした説明をしたのちに、その日は解散。こうして翌日の今日に、ウルスラさんは木陰に現れたのです。

とはいえ私とリリーティアさんが今、普通に受付のお仕事中であることを忘れてはなりません。

「あ、今日はお願いします」

ふんわりとしたゆるーい雰囲気の若き魔導士さんが受験票を私に手渡します。私の故郷のほうで見た昇格予定の魔導士さんたちはもう少し緊張に身体をこわばらせていた気がするのですが、この国はそういった子のほうがむしろ希少（きしょう）のようです。

というかほぼ皆無（かいむ）といっていいほどでした。

「お願いしまーす」

だとか、

「お願いしゃーす」

などと軽い口調の子ばかり。

今時の若い子って……とご老人じみたことを一瞬思いかけましたが、まあリゾート地で実施されている試験ですから、そもそも記念受験的な意味合いで受ける子のほうが多いようです。

「はいはい」

私は女の子たちから受験票を受け取り、サインを記して「ではここから右手のお部屋に――」と軽く案内をして返します。

しかしテキトーな子はそれからも何人も何人も現れ、

「しゃーす」

なかにはもはや何を言っているのかすらも分からないほどの子すらいました。

さすがリゾート地といったところでしょうか。

受験票をぽい、と捨てるように私たちに手渡してきた彼女は、寒い中でも露出が多く、肌は小麦色に焼け、もぐもぐとパンを食べながら私たちの前に立っています。欠伸をしながら「ったくマジで寒いんだけどふざけてんのかよ。常夏の魔女のくせに気が利かねえな」などと吐き捨てるお口からは気品というものが一切感じられません。

失礼極まりないですね。

とはいえ特に興味もないので私は受験票を受け取りつつ、先ほどの子たちと同じように「ではここから右手のお部屋に――」とご案内。

したのですが、

「駄目ですよぉ」

私のお隣の彼女がふわふわとした雰囲気をまといながらも、しかしはっきりと言いました。「大事な試験のときにそんなふざけた態度をしたら、駄目ですよぉ」うふふふ、とリリーティアさんは笑みを浮かべます。

瞳の奥にわずかながら怒りが見える笑みでした。

「………」

しかし無視する少女。

「聞いてるんですか？」

「………」

「ん？　聞いてるんですか？」

「……ちっ」

有無を言わせない雰囲気に少女は、軽く舌打ちをしつつも首を垂れて受験票を受け取り、去っていきました。心なしかその背中はしょんぼりしているように見えなくもありませんでした。

「動機は何であれ、やることは真面目にやらないと駄目ですよねぇ」

うふふふ、と柔らかい笑みで少女を見送るリリーティアさんでした。

「真面目ですね」

「やだなぁ、普通だよぉ」

えへへへ、と照れ笑いを浮かべるリリーティアさん。満更でもないようです。

『いま、いい目をしていた』

遠くの木陰のほうでウルスラさんがそのように書いたスケッチブックを掲げておりました。

そうですか。

『彼女はきっと立派なサディストになる』

そうですか。

そんな感じでウルスラさんに見守られ――もとい監視されつつ私たちは受付業務を進めました。

「……はい。オッケー。じゃあ、会場に入って少し待っててね？　……え？　不安？　大丈夫！

頑張って！　あ、それとこれ、お腹減ったら食べて？」

見るとリリーティアさんは受験票を返すとともになにやら小さな包みを渡しておりました。

「……何渡してるんですか」

「頑張ってもらえるように焼いてきたの」

彼女が掲げるのは手作りクッキー。

「ああっ！　さっき叱った子にはクッキー渡してなかったわ！　ちょっと待っててイレイナさん！

渡してくる！」

思い出したように慌てふためくリリーティアさんは、それから包みを一つ持って会場まで走って行ってしまいました。

私はちらりと木陰に目をやります。

『彼女のような優しい子に叱られたらわたくしは死んでしまうかもしれないわ』

ものすごく真面目な顔で戯言を綴るウルスラさんがそこにはおりました。

気づけば会場の外は雪がやんでおります。

『ふふふ……想像しただけで心が温まってきたわ……』

なんかもう帰りたいなぁ、と思いながら私は『そうですか』とだけ返しておきました。

○

それからほどなくして、受付の合間に暇を持て余した私は頭を巡らせ、やがて「そもそもそこまで気になるならば直接お話をしてみればいいのでは？」などという至極当然な結論を弾き出したわけですが、これに関してはまったくといっていいほどうまく行きませんでした。

二人が互いを意識していることだけは明白であるというのにまるで狙いすましたかのように二人の意図はすれ違うばかりなのです。

たとえば私とリリーティアさんで行っていた受付がほとんど終わった頃。

ウルスラさんが私たちのもとに来てリリーティアさんにご挨拶をする予定だったのですけれども。

そこでちょっと仲良しになってもらう手筈だったのですけれども。

「あっ……ウルスラ様……！」

突然目の前に来た憧れのウルスラさんにリリーティアさんは慌てふためき動揺を隠せないご様子でした。「あわ、あわわ……どうしようイレイナさん！　ウルスラ様が来たわ！」と助けを求められたので「とりあえずご挨拶でもしとけばいいんじゃないですか」とご提案しました。

「こ、こんにちはウルスラ様！　今日もお綺麗ですね……！」

一方でウルスラさんはそんな彼女を前にして至極クールに取り繕っておりました。そのクールぶりはまさに外の気温の如し。髪をふぁさ、と靡かせるさまはまさに高嶺の花。

「わたくしの名前はヘレン。ウルスラではないわ」

「……えっ？　でも常夏の魔女様、ですよね……？」戸惑うリリーティアさん。

「そう。わたくしは常夏の魔女ウルスラ。本名はヘレンよ」

「あ、そう、なんですね……？」

「特別にわたくしをヘレンと呼ぶのを許可してあげてもいいわ」

「いえ別にそれは結構ですけど……」

「…………」

涙目になってる……。

「あ、あの、そんなことより、ウルスラ様もこれから一緒に試験官のお仕事をしてくださるのですか……？」

「ふっ。愚問ね」ここぞとばかりにウルスラさんはあざ笑います。「わたくしがあなたたちのような下々の者とどうして一緒にお仕事なんてしなければならないのかしら？」

話は変わりますがウルスラさんはマゾヒズムに傾倒しているお方ゆえに失礼な言動をすれば罵倒されるだろうという失礼極まりない思考回路をしています。

距離を無理やり縮めたり突き放したり、彼女の言動は傍目に見ていればとてもとてもせわしないものですね。

「あっ……、そ、そうですよね……すみません……変なこと聞いちゃって……」

そしてウルスラさん好みの女性であるところのリリーティアさんはただのいい人です。「ごめんなさい……、ウルスラ様のようなお方が私なんかと一緒に仕事なんてしたくないですよね……！」

えへへ、と健気に笑うリリーティアさん。

「…………」

そして自らリリーティアさんを傷つけておきながら悲しむ彼女の顔を見つめ絶望するのがウルスラさんというお方でした。

見れば会場の外はすっかり猛吹雪。

軽はずみな言動で意中の相手を傷つけたことに傷心のようです。なら言わなければいいのにと思いつつ私はウルスラさんの足を踏みつけました。

「えいや」

などと。

先日扉越しにお会いした際に打ち合わせをしておいたのですが、ウルスラさんは自称生粋のマゾヒストというよく分からない特徴を持ったお方です。痛めつけられれば大抵のショックは忘れるとのことでしたので、彼女が絶望した際は精神的、肉体的問わず何らかの方法でショックを与えて欲しいとの要望があったのです。

なるほどショック療法というものですね。

いやはやまったく気が進まないのですけれどもご本人からの要望とあっては仕方がありません。
というわけでこっそりぐりぐりと足を踏みつけるのでした。

「……！」ウルスラさんの背筋が伸び、ついでに外の吹雪がやみました。「はあ、はあ……いいですわね！」

高揚しておられるようです。

単純に私は、うわあ、とだけ思いました。

一方で突如として様子がおかしくなった憧れのお方に対し、普通のいい人ことリリーティアさんは普通に心配をして差し上げるのでした。

「あの、ウルスラ様……？　どうかなさいましたか……？」

ぐりぐりぐりぐりぐり。

「はあ……はあ……いえ、何でもありませんわ……！」

「……？　いえ、でも――」

「なんでもありませんわ！」

「あ、そ、そうですか……？」

二人のやり取りを眺めつつ私は一体何をやっているのだろうと一瞬我に返りかけましたが、こういう場合においては我に返ったら負けと相場が決まっています。

「ところでリリーティアさん。ウルスラさんはこれから私たちと一緒にお仕事をしてくれるそうですよ。よかったですね」

というわけで考えなしの発言をいたしました。

「えっ、でも――」

当然ながらリリーティアさんは困惑し、

「いえ、わたくしはあなたたちのような下々の者とは一緒に仕事は――」

「えい」ぐりぐり。

「……っ！　一緒に、しご、仕事なんて……はあ……はあ……」

「しますよね？　ウルスラさん？」ぐりぐりぐりぐり。

「いやでも――」

「ん？」ぐりぐりぐりぐり。

「……っ！　し、します……しますぅ……！　はあ……はあ……」

「だそうですよ」

うふふふ、と私はリリーティアさんの肩を叩きました。

「……？」

可愛らしく小首をかしげながらもリリーティアさんは私に、

「あの……ウルスラ様、大丈夫かな……？　さっきから体調悪そうだけれど……」

普通に心配する善人リリーティアさん。おそらく前世は天使か何かだったに違いありません。

私はウルスラさんの後方。外の景色に目をやりました。

雪はとっくに止んでおり、それどころか太陽が照り輝いて一面を覆う雪を照らしております。

なるほどなるほど。

「むしろ体調はいい方なので心配いりませんよ」

「ええ……？」

結局何ひとつ二人の仲が進展しないまま、受付作業は終了いたしました。


受付作業のあとに待っているのは試験の説明。

大広間には机（つくえ）が並んでおり、見渡す限り受験者で溢れていました。そんななかで壇上（だんじょう）に並ぶ私とリリーティアさんに注目をしている子などはほとんどおらず、試験直前というのに緊張感をお家に忘れてきたのか、至極のんびりとした空気が流れるのでした。

ここからは色々な子が見えました。

開始直前になって慌てて勉強を始める子。

普通に隣の席の子とお喋（しゃべ）りしてる子。

一緒にがんばろーね！　とお隣の見知らぬ子にお菓子を手渡す心優しい子。

突然晴れだした窓の外の景色に「これ午後からリゾートできるのでは？」とにわかに沸（わ）き出す子。

そもそも席にすら座っていない子。

私たちの横のほうで壁にもたれかかってリリーティアさんを眺める訳知り顔の子――あ違うこれウルスラさんでした。

………。

まあともかく分かってはいましたがリゾート地で実施されている試験ゆえの宿命か、緊張感は皆無。

「あら……これはよくないですね……」

私のお隣のリリーティアさんが笑みを浮かべながらもにわかに殺気(さっき)立った気配がしましたので、私は受験生たちをこらこらと叱りつつ急いで座らせ、試験内容の説明に入りました。

「おはようございます。灰の魔女イレイナといいます。今日は試験の監視のお仕事をしますので、とりあえず私のことは先生と呼ぶように」

すると受験生の一人が手を挙げて「なんで先生って呼ばないといけないんですかー?」と尋ねます。

お答えしましょう。

「それは私が先生と呼ばれると気持ちがよいからです」

試験会場に「何言ってんだこいつ……」とでも言いたげな空気が蔓延(まんえん)しました。

直後にリリーティアさんが私の袖(そで)を引っ張りつつ「私もイレイナさんのことを先生って呼んだほうがいいかな?」と可愛らしく首をかしげてきました。

「そうですね。よろしくお願いしますリリーティア先生」

「うん分かったー。ところでイレイナ先生」

「はい」

「真面目にやってね?」

「あっ、はい」

「あんまりふざけちゃ駄目だよー？」うふふふ、とふんわりとした雰囲気のままリリーティアさんは私の頭にこつん、とこぶしを下ろしました。痛みはありません。

傍目に見ているとただじゃれあっているだけにも見えたかもしれません。しかし勘違いはなりません。これは「いつでもお前を殺せるぞ？」の暗喩なのです。おそろしや。

昨日から度々私の肩を叩いてくるときの力は今の比ではありません。

こほん、と咳払いしつつ私はそれから試験の説明に入りました。

「例年通り試験の制限時間は百二十分。早く終わった者から退出おっけーです。まあ先ほど雪がやんだみたいですから、試験終わったあとは高級リゾートで羽を伸ばすのもアリかと――」

「先生、先生」突如として話の腰を折る受験生の一人。はい何でしょう、と私が尋ねると、受験生さんは窓の外を指差しながら、

「雪、降り始めました」

「わあ猛吹雪」

気づけば外が白銀に染められていました。

そして会場の後ろのほうに顔を向ければそこには頬を膨らませるウルスラさんの姿があります。分かりやすくへそを曲げておりました。

私はお話を中断してウルスラさんの元へと歩み寄り、誰にも聞こえないくらいの声量でこっそり尋ねます。

「どうしたんですか？　何か不味いことでもありましたか？」

外が雪、ということはウルスラさんの気分が沈んでいる、ということになります。何があったのでしょうか。

「……私も――したい」

「ん？」何です？

「私もリリーティアさんといちゃいちゃ――」

「もしかしてリリーティアさんといちゃつきたいからへそを曲げたとか、そんな意味不明な動機で雪を降らせたりはしていないですよね？」

何やらおかしなことを言いかけていたため私は即座にウルスラさんの肩に手を回し、顔を耳に寄せて囁きました。

その様子はまさしく借金の取り立てが如し。

「無駄に雪を降らせるな、とさっき何度も忠告しましたよね？　何で守れないんですか？　この愚図。無能。歩く廃棄物」

「あっ、あの、その……す、すみません……えへ、えへへ……」

うわあ。

「謝るくらいなら私は最初から雪なんて降らせないで欲しいんですよ……。分かります？」

「はい、はい……すみませんイレイナ先生……。えへ、へへへ……」

「ここの受験生の子たちはみーんな、お昼からのリゾートを愉しみにしてるんです。なら、あなたがこれからどうすべきかは……分かりますよね？」

「す、すみません……えへ、すぐ晴れさせます……へへ」

　壊れてる……。

　とまあ若干怪しげなやり取りをしたのちに、私は何食わぬ顔で檀上に戻りました。

「ご覧ください。晴れました」

　窓の外はすっかり晴れ。地上に残った雪など知るかとばかりに太陽が燦々と輝いております。そんな様子に受験生たちは大喜び。一方で一部始終を遠巻きに見ていたリリーティアさんは、怪訝な顔をなさいました。

「……ウルスラ様とお友達なの？」

　お友達というほどの仲ではありませんね。

「まあ、昨日少しお話した程度の仲です」

「へえ、そうなんだぁ。いいなぁ。私もウルスラ様とじっくりお話してみたいなぁ」

　ウルスラさんを憧れの人と定義しているリリーティアさんにとっては私たちがお話している様子などは少々嫉妬心を抱くような光景だったのかもしれません。「いいなーいいなー」などとほんの少ししょんぼりとしたリリーティアさんを後目に、私はそれから試験の説明を続けるのでした。

　試験説明の後は十分間の休憩時間を置いたのちに試験開始となります。

　受験生たちは往々にしてこの十分を利用して最後の追い込みをやったり、あるいはトイレに行ったり、あるいは「マジ勉強してないわー」と牽制し合ったり等々するもので、実際今回のリゾート地の試験会場においても同様の風景が繰り広げられておりました。

「イレイナさん。なんだか懐かしいねぇ」

会場の空気感にどこか懐かしさを感じたのでしょう。リリーティアさんは私の横で表情を和らげていました。

「そうですねぇ」

軽く私は頷（うなず）きます。

試験を受けたのは随分（ずいぶん）と前のことになります。受験のために頭に詰め込んだ内容のほとんどは記憶の彼方（かなた）に消えてしまいましたが、しかし試験前の空気や、そこに至るまでの日々は頭の中に尚（なお）も焼き付いています。

不思議なものですね。

時計を見れば、もうすぐ十分が経（た）とうとしていました。

ばらばらに散っていた受験生たちは各々の席に戻り、徐々（じょじょ）に会場は静寂（せいじゃく）へと近づいていきます。

「…………？」

そんななか。ふと異質（いしつ）なものが目に入りました。試験直前。お友達とこそこそ喋ったり、勉強をしたり、受験生がそれぞれ試験直前の最後の時間を過ごしているなかで、一人、奇妙（きみょう）な子が紛（まぎ）れ込んでいたのです。

その受験生は椅子（いす）に座ったまま、うつむいていました。

口元がせわしなく蠢（うごめ）いており、何かを一人でつぶやいているのが見て取れます。寒いのか両肩が震えており、手にはペンではなく、杖が握られています。

なぜでしょう？

筆記試験では杖の出番などまったくないというのに——。

「お前ら全員、動くな！」

私がわずかな違和感を感じ取った直後です。

その受験生の子は、杖を天井に向け、叫びました。血走った瞳で睨みつけるのは、檀上にいる私とリリーティアさん。

「この会場は私が乗っ取った！」

声を荒らげる彼女は、机の上に立ち、「いいか誰も動くなよ！　少しでも妙なことをしたらこの会場をぶっ壊すからな！」と叫びます。

なんだかよく分かりませんが。

試験の直前になって何やらおかしなことに巻き込まれてしまったようです。

これから試験の用紙を配ろうとしていたところのリリーティアさんは、そんな突然の出来事に呆気にとられながら、ぼそりと呟きました。

「……これは懐かしくないわねぇ」

いやはやまったくその通りで。

○

急に声を荒らげたその受験生には見覚えがありました。

入場の際にリリーティアさんに口調を注意されて舌打ちをしていた子です——突然おかしなことをするからには、彼女にはそれなりの要求があるのでしょう。

彼女は檀上の私たち三人を睨みつけながら、

「一体どうなっているんだこの国の天気は！　ふざけやがって！　常夏の魔女を出せ！」

と怒りを露(あら)わにします。

出せと言われましてもそもそも既にウルスラさん出てますけど。リリーティアさんの後ろのほうで訳知り顔で腕(うで)くんでますけど。

「私は……私はこの国のせいで人生を滅茶苦茶(めちゃくちゃ)にされたんだ！　だから今年の試験も滅茶苦茶にしてやる！」

声を荒らげる受験生。まともではないことは明らかです——檀上には魔女が三人もいますから今すぐに鎮圧(ちんあつ)することは容易ではありますが、下手(へた)に暴れられて他の受験生に危害が及(およ)ぶようなことだけはあってはなりません。火に油を注ぐようなことは避けたほうが無難でしょう。

「お、落ち着いて頂戴？　どうしたの？　何かあったの……？」

リリーティアさんは熱にあたるように両手の平を受験生に向け、自らが丸腰であることを示しつつ、尋ねました。

受験生は、

「去年、私は魔女見習いになるために遠くから遥々この国に試験を受けにきた！　魔女見習いになるのは私の夢だったから……だから、試験を受けるために、私は試験日の一週間前にこの国にきて、勉強するつもりで宿をとったんだ！」

「うんうん。それで？」

穏やかな口調でお話を促すリリーティアさん。

一方その後ろで私はウルスラさんに「なんだか早速きな臭い雰囲気が漂い始めましたね」と耳打ち。ウルスラさんは「遊び呆けていたパターンですわねこれ」と返しました。

「一週間前から滞在していたというのに私は試験当日まで何の勉強もできなかった！　なぜだと思う？　この国がリゾート地だからだ！　一週間でやる予定だった勉強のほとんどを私はできなかったんだ！」

まあそれは大変。

「試験当日。解答用紙を前にした私の頭に浮かんでくるのは、一週間の出来事ばかりだった。耳をすませばさざ波の音。街を歩けば酒のうまいバー、とれたて新鮮の海鮮料理、浮かれたファッションに身を包む現地住民たち。そして浜辺に出れば爽やかな風が吹き抜ける真夏のビーチ……」

めちゃくちゃエンジョイしてるじゃないですか。テスト勉強する気皆無じゃないですか。

「結局、試験で何の成果も残せないと悟った私は、開始三十分で席を立った」

試験時間二時間のはずなんですけどね。滅茶苦茶諦めるの早いですね。

「そして私はビーチに行った」

まあ人は落ち込むと海を眺めるといいますからね。

「そして気づけば海に向かって叫んでいた」

これも落ち込んだ人がよくやるやつですね。

「そして気づけば友達と水を掛け合っていた」

違いますねこれ遊んでいますね。

「この国最後の夜は海辺のレストランでロブスターを食べた……」

もう完全にただ一週間休暇しただけじゃないですか。

「試験結果は後日送付されてきた。結果がどうだったのかは言うまでもないだろう——私は、この国を、常夏の国ウルスラを酷く恨んだ。なぜだか分かるか？」

お馬鹿だからですか?

「それはこの国がリゾート地だからだ！」

要約するとただの逆恨みじゃないですか。

長々と語ったわりに特にこれといってこの国とウルスラさんに落ち度のない話で私は少々呆れてしまいました。要するに遊び呆けてしまったから責任をとれと。

いやいや何を仰るのやら。

「というわけで私はこの国への復讐を誓ったのだ！　一年間、ずっとこの国を恨んで生きてきた！　脅迫の手紙だって何度も書いたぞ！　この国のせいで私は試験を落とされた。常夏の魔女に報復をするってな！　だが常夏の魔女は何度手紙を送りつけても無視しやがった！」

おや。

「今の話は本当ですか？　ウルスラさん」

「はあ、はあ……」

「ああすみません聞いた私が馬鹿でした」彼女にとっては脅迫の手紙などただの興奮材料にしかならなかったようですね。

絶賛お怒り中の受験生さんの熱は未だ冷めることはありません。

「そして今年、私は宣言通りにこの試験会場まで来たのだ！　そして帰りがけに海辺のレストランで食事でも摂ろうと思っていたのに……なのに……！」

窓の外を見ましょう。

まあそこそこ天気は回復しているとはいえ、すっかり雪に覆われてしまっております。常夏とは程遠いことは言うまでもありません。

そしてこの国の気候を目の当たりにした受験生さんがどのような感情を抱くのかなどは、もはやこの国を訪れてから何度となく見ています。

「常夏の魔女は私への嫌がらせのために国をこんな景色に仕立て上げやがったんだ！　絶対に許せない！」

被害妄想は膨らむばかり。というかもう普通にリゾートに嵌ってるだけじゃないですかこの人。

「まあまあ……その、落ち着いて？　ね？　辛い気持ちなのは分かるわ。でもこんな強引なことをしちゃ駄目よ」

　リリーティアさんは依然として説得を試みますが、

「うるさい黙れ！」一年間ずっと鬱憤を溜め続けてきた人間がたった一度説得をされた程度で落ち着くはずもありません。

「お前、そういえば入り口で私に喧嘩売ってきた魔法使いだよなあ？　なんだ？　ここで私とやり合う気か？」

「い、いえ、そんなつもりは……」

　ちなみに話は変わりますがリリーティアさんは二年前に魔女見習いから魔女に昇格し、砕石の魔女という穏やかな見た目に反して厳つい魔女名を会得しているそうです。

　つまりこの場で彼女と受験生さんがやり合った場合どうなるかは火を見るより明らかです。

「うるさい！　とにかく！　今すぐ常夏の魔女を連れてこいって言っているんだよ！　さもなくばお前から順番に一人ずつ消し炭にしちまうぞ！」

　声を荒らげる受験生。

「そ、そんなぁ……」涙目でおろおろ慌てるリリーティアさん。

「待ちなさい」

　そして二人の間に割り込む一人の魔女。

　青色の髪の彼女は、か弱い乙女を守るように立ちふさがります。

　はて一体どなたでしょう。

「痛めつけるならわたくしを痛めつけなさい！」

「う、ウルスラ様……！」

リリーティアさんが悲鳴に似た歓声を上げます。「私のために……なんて素敵なの……！」瞳が潤み胸を押さえる彼女。どうしたんですか？　動悸ですか？

「この国で起こった出来事の全責任はわたくしが負います。さあ、煮るなり焼くなり叩くなり好きになさい……！」

「お前がウルスラか……！　お前のせいで……お前のせいで……！」

杖を振るう受験生。

放たれたのは魔力の塊。そこそこの速度で飛んだ青白い球がウルスラさんの頬をばちーん！　と叩きつけました。

「っ……！　この程度かしら……？　なんともないわね……」

ふふふ、と余裕の笑みを浮かべるウルスラ様。彼女の性癖を知っている私からすると別の意味に聞こえてなりません。

「ウルスラ様……！」

真後ろのリリーティアさんは涙目でウルスラさんを慮ります。どちらかというとこちらのほうが精神的にダメージを負っているように見えなくもありません。

「私の怒りを食らえ！」再び魔法が放たれます。

「くっ……！　なかなかいい一撃じゃないっ……！」どうでもいいですけどこの人魔法食らうためにわざと出てきましたよね。

「ウルスラ様……！」そして後ろできゅんきゅんしているリリーティアさんでした。

それから彼女たちの攻防は続きました。

「このクソ魔女がぁ！」

「いい……！」『ウルスラ様ぁ！」

「死ねえええ！」

「いいっ……！」『ウルスラ様ぁ！」

「くたばれえええええええ！」

「ああああああ！　いいっ！」『ウルスラ様ぁ！」

「地獄に堕ちろおおおおおおおおお！」

「あああああああああああああ！　も、もっと……！」『ウルスラ様ぁ！」

「ちょっと待って」

何度か攻防を繰り返したのちに受験生さんは魔法をぴたりと止めて、すたすたこちらまで歩いてきました。そして彼女は、ものすごく嫌そうな顔をしながら、「なあ、あんた」と私に尋ねるのです。

「はい」なんでしょう？

「あんた一番まともそうだから聞くんだけどさ」

「はい」

「あれ本当に常夏の魔女ウルスラなの」

「そうらしいですよ」

「気持ち悪くね」

「それは私もそう思います」

「ちょっと、ちょっと。あの程度で終わりなのかしら？」そして空気を読まず横から割り込んでくるウルスラさんでした。何なら馴れ馴れしく肩に手を回してさえいました。私はほんの少し狂気を感じました。

そして受験生さんは激怒しました。

「うるせえ！　触んなよ！」

ぱちん！　とウルスラさんの頬に平手打ちが炸裂します。

「いいっ……！」

「お前何なんだよ！」

「はあ、はあ……、ヘレンとお呼びくだしゃい……」

「あなた乱暴な人なら誰でもいいんですか？」

添い遂げる相手にしか本名を明かさないとは何だったのか。今日で二度も聞かされた私の身にもなって欲しいものです。

「もうやめて！　ウルスラ様が可哀そう！」

再びウルスラさんに魔法が飛びそうになったところでリリーティアさんはすかさず受験生さんの杖を握り締めてそのままばらばらに粉砕しました。

「えっ、杖、折れ……えっ？」

「お願い……！　もうやめて！　争いごとはやめましょう？　ね？」

リリーティアさんは慈愛に満ちた目で受験生さんの両手をやさしくやさしく掴み、訴えかけ、そして彼女たちの足元には、粉々に砕かれた受験生さんの杖が転がります。

それはひとえに、「逆らえばどうなるかは分かるよな？」とも語っているように見えなくもありませんでした。

「…………………」

長く沈黙する受験生さん。

「はあ、はあ……」

地面に転がる杖の破片に想像を膨らませるウルスラさん。

「お願い……！」

可愛らしい声で脅迫するリリーティアさん。

「………」

そして特にやることもなかったのでテストの問題用紙を配り始める私。

やがて受験生さんは観念したように深く深くため息をつき、

「分かったよ……私の負けだ。もうこの国には関わらない。それでいいだろ？」

などとこの期に及んで格好つけた台詞を吐きつつ、リリーティアさんの手から逃れました。

「待って」

すかさず受験生さんの肩を掴むリリーティアさん。「ひぇっ」と受験生さんが悲鳴を上げたのを私は聞き逃しませんでした。「あっ、羨ましい……」とウルスラさんが物欲しそうな声を上げたことはできれば聞き逃したかったです。

「な、なんだ……？」

まさかここまで騒ぎを起こして無罪放免というわけにもいかないでしょう。

「はい、問題はまだ開かないでくださいねー」と受験生たちに指示しつつ私は彼女たちの動向を見守ります。見守ると同時にちょっと邪魔だなあ、とも思いました。

「あなたがこの国に来た目的は、問題を起こすため？　違うでしょう？」

「いや問題を起こすためだけど――」

「ばかっ！」

ぱちーん！　と何の前触れもなくリリーティアさんの平手打ちが受験生さんを襲います。受験生さんは吹っ飛び、そしてウルスラさんを巻き込んで倒れました。

「どうしてそんな悲しいことを言うの？　あなたはそんな悪い子じゃない！　自分に嘘をつかないで！」

「いや嘘なんてついてな――」

「自分から目を背けないで！」ばちーん！

「あの――」

「本当の気持ちを吐き出して！」ばちーん！

「いや――」

「逃げないで！」

「テスト受けたいです！」

「うん！　そうよね！」

そして何事もなかったかのようにリリーティアさんはふらふらの受験生さんを立ち上がらせ、席に座らせました。

なんで？

「イレイナ先生。この子にもテストを受けさせてあげて」

……なんで？

そもそもその受験生さんはテスト受ける気などさらさらないのでは？　と思いましたが、当の本人は、

「おかげで目が覚めたぜ……」

と瞳に闘志を宿していました。打ちどころが悪かったんですかね。

「はあ……まあ、いいでしょう」

私は彼女にもテストの問題用紙を配りました。幸いにも怪我人は出なかったことですし（ウルスラさんを除き）、まあ予定よりも押してはしまいましたが、今から開始すれば昼頃には終えることができるでしょう。

「自分に嘘をつかないで……ね……。どんな罵倒よりも響いたわ……今の言葉……」

ずっと受験生さんの下敷きになっていたウルスラさんは、ふらふらと立ち上がりました。ほぼ

満身創痍。しかし窓の外には陽の光と陽炎。元気ですね。

「ウルスラ様……」

相変わらず恋する乙女のようにウルスラさんを見つめるリリーティアさん。

「リリーティアさん……わたくし、あなたに言わなければならないことがあるの……」

ウルスラさんは彼女の肩に優しく触れながら、熱く見つめます。

まさに恋する二人。ですが、

「今から試験なのでちょっと外でやってもらってもいいですか」

私は魔法でひょいと二人の身体を持ち上げて、窓の外にポイしました。熱いのは窓の外だけで結構です。

「はい。それじゃあテスト開始」

そして檀上には私だけが取り残されたのでした。

静寂を取り戻した試験会場にて。受験生たちは一斉に用紙をひっくり返し、ペンを走らせます。

だるい、面倒くさい、こんな試験終わらせてとっとと遊びに行きたい。なんて口々に文句を垂れていた子たちの誰もが、不真面目さをいったん仕舞い込んで現実と向き合っていました。

壇上から頬杖をつきながら、私はこの懐かしくもあり新鮮な百二十分を嚙み締めるように、ぼんやりと佇みました。

熱い陽射しが降り注ぐ窓の外では、雪が解けて、真夏が到来しておりました。きっと試験終わりに海にでも行ったらさぞ気持ちがいいだろうなと思えるほどに、陽の光は大地を燦々と照らしています。

ついでに暑苦しく抱き合う二人の様子も燦々と照らしていました。

私はそんな光景にため息をつきながら、呟くのです。

「夏ですねえ……」

ちなみに件の受験生さんは今年も開始三十分で会場を出ました。

○

やはりリゾート地で知られる常夏の国での魔女見習い昇格試験はすこぶる早く終わりました。だいたい三十分程度で退出をした件の受験生を皮切りにぞろぞろと一人、また一人と「試験？　ああ、余裕でしたが？」みたいなお澄まし顔で出て行ってしまいました。

終わったテストは私が回収したのですが、まあ結果は散々なものでしたね。たぶん大半の受験生が試験よりもむしろ窓の外に気をとられていたようです。

「ふふふ……ねえ聞きました？　受験生たちったら、私とウルスラ様のことが気になって仕方なかったそうですよ」

いやそっちじゃなくて。

「困ったわね……どうやらわたくしとリリーティアの愛が必要以上に熱すぎてしまったようね」

「やだもうウルスラ様ったら！」すぱぁぁぁぁん！

「あっ……！　いいっ……！」

やだもうはこちらの台詞なんですけど……。

だいたい試験の途中あたりで彼女たちは窓の外から戻ってきたのですけれども、その頃にはすっかりできあがってしまっていましたね。

リリーティアさんとウルスラさんは人目をはばからずに終始いちゃつくばかり。試験が終わり、私たち三人だけになった今も私から冷めた目を向けられていることなどおかまいなしにべたべたべたべたとくっついております。

「はい、あーん」

リリーティアさんお手製のクッキーがウルスラさんのお口に運ばれます。

「あーん」

餌を与えられる雛のようにお口を開けるウルスラさん（二十代）。このひどく甘ったるい空間に早速私の胃がもたれたことは言うまでもありません。

ここが室内でなければ唾を吐き捨てていたところです。

「お二人は随分と仲良しになったんですね……」

「えへへ……」照れるリリーティアさん。

「うふふ……」満更でもなさそうなウルスラさん。

聞けば彼女たちはお外で互いに秘めたる想いを打ち明けあったそうです。リリーティアさんはウルスラさんに憧れていることを。

ウルスラさんは特殊性癖であることと、ついでにリリーティアさんを気に入っていること。それと本名がヘレンであること。本名を打ち明けた相手とは添い遂げるつもりでいること。

「まあ……！　じゃあ、私とウルスラ様って、相思相愛なんですね……！」

「ふふふ……そうね。それでわたくしの本名はヘレンというのだけれど」

「ウルスラ様……すき」

「いやだからヘレン」

「ウルスラ様……」

「あの、本名を、呼んで欲しいのだけれど……」

「ウ・ル・ス・ラ・さ・ま」

「いや、あの……本名を……」

「ふふふ……でも、こういう風に扱われたほうが、嬉しいんでしょう？」

「……！」

こういう小悪魔な感じも存外アリだなと思った、と後にウルスラさんは噛み締めるように語っていました。それを聞かされて私は一体どういう反応をすればいいのか分かりませんでしたが、とりあえず「既に手懐けられているようですね」とだけ返しておきました。彼女は少々嬉しそうな顔をしておりました。マゾヒスト……。

やがて二人はひとしきりいちゃついたのちに「これからどうする？　ご飯でも行っちゃう？」と軽いノリの会話を繰り広げ始めました。

「ねえ、よかったらイレイナさんも一緒にどう？」

リリーティアさんは相変わらずのふわふわな雰囲気をまとわせながら尋ねます。

いえいえ。

「お二人の間に割って入るなんてできませんよ」

丁重にお断りしました。

「やだもうっ！」ばちーん！　私の肩に鋼鉄のような手のひらが打ち付けられました。

「いった……」

肩こわれちゃう……。

「魔女さん」

ちょいちょい、とウルスラさんは手招きをひとつ。

彼女のほうに寄ると、ウルスラさんはリリーティアさんに聞こえないようにこしょこしょとしながら、

「報酬。これあげる」

と私のポケットにお金を詰め込みました。

ずっしりとした重みがあります。

まあ……！

「ウルスラさん」

「なあに？」

「あなたの気持ち、確かに受け取りました」

「そう……それはわたくしから魔女さんへの、愛の贈り物……」

「………」私は無言でお金の包みを落としました。

「ああっ……無下に扱われるのもいい……！」

そんなやりとりを横で眺めていたリリーティアさんは、

「どういうことウルスラ様？　女の子なら誰でもいいの？　ねえ？」と彼女に詰め寄ります。

その手はウルスラさんの両肩に触れていました。これは「私はお前の両肩をいつでも握りつぶすことができるぞ？」の暗喩です。おそろしや。

「い、いえ……これは、その――」

「ん？　なに？」

「あの――」

「言い訳？」

「いや、その……ま、魔女さん！　魔女さん助け――」

「イレイナさん。またあとでね」

ずるずるずる、とリリーティアさんはそのままウルスラさんを連れてどこかへと行ってしまいました。ああきっとウルスラさんはろくな目に遭わないのだろうな、と思いながらも、しかしながら依然として太陽は燦々と輝いております。

「まあ、自分に嘘をつかなくなったからといって、何事もいい方向に転ぶとは限りませんよね……」

多少の痛い目は自業自得(じごうじとく)というものでしょう。

けれども、この国における夏の景色は、きっとこれからも長く長く、続くのです。

○

さてさて。

ところで。

まあ紆余曲折(うよきょくせつ)あったものの、結局ウルスラさんは元気を取り戻し、この国には真夏が舞い戻ったわけです。

街の人々が喜んだことは言うまでもありませんね。

「さすが魔女様！」「ありがとうございます！　リゾートが戻ってきた！」「やっぱりリゾートは最高だぜ！」「真夏だー！　ひゃっほーい！」

喜びに舞い踊る街の住民たちは、私を盛大にもてなしました。

欲望に対しては素直にならなければなりませんね。お金をいっぱいもらおうという欲を無理に抑えるのはきっとよくないことなのです。

それはつまるところ。

リリーティアさんの言葉を借りるなら。

「ふふふ。やっぱり自分に嘘をつくわけにはいきませんからね……」

真夏の国の中。

一人下衆い顔で笑みを浮かべる魔女がそこにはおりました。

はてさて、一体どなたでしょう？

そう、私です。

……なんて。

ご満悦にお金を数えていると、街の住民たちの話し声はよく聞こえるもので、

「——なあ、そういえばさっきビーチで遊んでいた若い子に聞いたんだけど」

「おう。どうした」

ちょうど私のすぐ傍で、男性が二人、お話をしていました。

「ウルスラ様に恋人ができたらしい」

「ほう。そりゃめでたいな」

「それで今、本人に聞いてきたんだけどな、どうやらウルスラ様、ここ最近は恋煩いで天気を崩していたらしいんだ」

「ほうほう……ん？　で、その恋人ってのは誰なんだ？　そこの魔女さんか？」

「いや別の魔女らしいが」

「そこの魔女さんは何したんだ？」

「特に何もしてないいんじゃないか？」

「……ちょっと待て。じゃあ何か？　俺たちは特に何もしてない魔女に報酬を払ったのか？」

「そういうことになるな」

「……もしかして詐欺されたってことか？」

「そういうことになるな」

おやおや？

ちょっと雲行きが怪しくなってきましたね――外晴れてますけど。

どうやらここらが潮時のようですね。

ですから私は集めたお金をまとめつつ、その場を――。

「ちょっといいかしら魔女さん。あなたに払った報酬のことで、話があるのだけれど」

ぐい、と私の肩が街の住民に掴まれました。

振り返った先には、じとりと目を細める街の住民たちの顔があります。

おやおや。

「皆さんお揃いでどうかなさいましたか……？」

などと白々しく尋ねてみましたが、私が住民たちから巻き上げたお金がそのまま没収されたことは言うまでもないことでしょう。

まあ、結局のところ。

自分に嘘をつかなくなったからといって、何事もいい方向に転ぶとは限らないのです……。

第三章

安楽死

淡い緑の草花が広がる草原の中を、涼しい風がさらさらと走り回っていました。青くどこまでも澄んでいる初夏の空には小さな雲があてもなく旅をしています。

地上から雲を見上げるのは、一人の旅人。

黒の三角帽子を被り、黒のローブを身にまとう彼女はほうきに腰掛け、草花を靴のつま先でなぞりながら飛んでいます。

風にたなびく灰色の髪を押さえながら、瑠璃色の瞳で変わり映えのない青と薄緑の世界を見つめる彼女の胸元には、星をかたどったブローチがあります。

彼女は旅人であり、魔女でした。

「……ちょっと休憩でもしますか」

ぼんやりと呟く彼女の視線の先には一本の木がありました。

草原を飛び続けてしばらく経った頃のこと。

小休止するにはちょうどいい頃合いともいえました。

ですから彼女は、ほうきを木のほうへと寄せたのですが。

「お嬢さん、お嬢さん」

木の下まで辿り着いたときに気づきました。木の下には先客がおられたようです。

木の幹に背中を預けるのは一人の男。青みがかった髪をストレートに伸ばした彼は、片目をぱちんと瞑り、魔女を見つめます。目にゴミ入りましたか？　と首をかしげる魔女に、男は笑みを浮かべます。

「この手が何か、分かるかい」

そして、親指を立て、掲げてみせました。

はて男は一体何が言いたいのでしょうか？

それは奇しくも、世間一般的にはいいね！　という意味合いでよく使われるジェスチャーと酷似していました。

ですから魔女は逡巡したのちに、はっと気づきました。

「……私の外見がイケているということでしょうか」

などと。

「いやあ、照れますね」

などとも。

真顔で意味不明なことを口走る彼女は、一体どなたでしょう。

そう、私です。

「……いや、そういう意味じゃ、ないんだけど……」

私のふざけた解釈に彼はたいそう困っておいででした。「何言ってんだこいつ」と言いたげな雰囲気でまみれておいででした。

いやはやしかしいきなり「これなーんだ？」と親指を見せつけられても「そもそもあなたはだーれだ？」としか思えないものです。名を名乗って欲しいものです。

「申し遅れたね、僕の名はヨーゼ。見ての通り、旅人だ」

「見ての通り……？」

首をかしげる私です。

見たところ年齢は二十代半ば程度。格好は極めて軽装で、下は黒のスラックス、上はシャツとベストのみ。荷物らしき荷物もほとんど持っておらず、腰に下げている小さなポーチ一つのみ。

一般的な旅人らしき装いには見えませんけれども……。

「君は見ての通り、旅人かな？」

私も一般的な旅人の格好ではない気がしますが……。

「ええ。まあ、そうですね」頷きながら自らのブローチを指差す私です。「正確には旅人で魔女、ですけれど」

「ところで君は死に興味はないかな」

「やけに唐突ですね」

「そう！　死は誰のもとにも唐突に訪れるものだ」

「いやそういう意味合いで言ったわけではないんですけれど」

「初手でその真理を突くとは、魔女殿、なかなかやるではないか、名を何という」

「イレイナです」

「センスがあるではないかイレイナ殿」

「何のセンスですか……」

「死と向き合うセンス……かな」

「ええ……？」ほんと唐突に何なんでしょうかこのお方は。

当惑する私に、しかし彼は不敵な笑みを浮かべるばかりです。「イレイナ殿。僕はね、死ぬために旅をしているのだよ」

「はあ」

何か悩みでもあるんですか？

「死とはすべての人が辿り着く極地。しかしながら誰一人として戻ってきたことのない秘境。僕はかねてからこの死後の世界というものに恋焦がれていてね」

「はあ……」

「知っているかねイレイナ殿。死後の世界には、それはそれは素晴らしい情景が広がっているそうだよ」

「という言い伝えでもあるんですか」

「我が国では古くからそう信じられてきた」

「誰一人戻ったことがないのにですか」

「現世とは比べ物にならないほどに素晴らしい世界だから誰も戻ってこないのだよ」

「…………」

　という価値観の国、ということでしょうか。彼の故郷は。

「僕も死後の世界というものに興味があるごく普通の国民でね、こうして遥々死に場所を求めて旅をしてきた。ところで君はこの先にある国についてご存じかな」

「この先の国ですか」

　私は木陰から草原を眺めます。

　視界には国の影は見当たりません。

　まだ随分と距離はあるようです。けれど、

「安息の地エルドラ、でしたっけ」

　そのような名を冠した国があることは知っています。有名な国です。

「そう。安息の地エルドラ。この近辺で唯一安楽死を認めている国といわれている国だ」

　旅人や商人の間では、この国は安楽死を認めているどころか国を挙げて推奨してさえいる国だと聞きます。しかしこの国は同時に、

「確か安楽死を認めているものの最近はまともに安楽死を実施していないと聞きますけれど……」

　私は生に執着しまくりな人間ですから、にわかには信じがたいことではあるのですが、世の中にはこの安息の地エルドラを遠方から訪れて安楽死を依頼する人が一定数いると聞きます。

　商人や旅人も実際に安楽死のために訪れた人と会ったことがある、と言っていました。しかし、それはもう十数年前の話。

「――ここ最近は、遠方から安楽死を求めて訪れても、門前払いを食らうことが多くなったと聞きますよ」

一体どういう理由でお断りされているのかまではよく分かりませんけれども。

「そうらしいな。存じ上げている」

「存じ上げておられますか」

「だが困難な道筋ほど燃え上がるものだと僕は思うんだよ、イレイナ殿」

「はあ」

何言ってんですか？

「たとえここ数年で誰も安楽死を認められていなかったとしても、それはあきらめる理由にはならないのだよ。分かるかい？」

「いえ全然」首を振る私。

彼は依然として木の幹に背中を預けつつ、涼し気な表情を浮かべます。

「まあそういう事情もあってね、僕は安息の地エルドラを目指している道中なのだが――見ての通り、歩き疲れてしまっていてね」

などと言いながらも木の幹に寄り腕を組みしたり顔を浮かべるヨーゼさんでした。

「すみません全然疲れているように見えません」

「ゆえに君のほうきに僕を乗せて欲しい！」

「いやです」

「頼む！」

そして彼は再び自らの親指を立ててこちらに向けるのでした。

いいね！　という意味合いかと思ったのですが、「ちなみにこれは『乗せてくれ』という意味を表すサインだ」とわざわざ説明が差し込まれました。

じゃらじゃらじゃら。

そしてついでにお金が私の手に落とされました。

彼曰（いわ）く、

「ちなみにこれから死ぬ予定の僕は金を持っていても意味をなさない」

とのことで、なるほどなるほど。

「運びましょう」

○

そんなわけでふらふらと草原の中を三時間程度ほうきで飛んだところで、安息の地エルドラへと辿り着いた私たちでした。

「ようこそ我が国へ！」

などとどこでも耳にする台詞（せりふ）とともに敬礼（けいれい）をするのは門兵さん。簡単な入国審査として幾（いく）つかの質問をされました。お名前であったり、出身国であったり、職業であったり。

そしてこの国に来た目的であったり。

「この度は安楽死のために来られたのですか？」

門兵さんは尋ねます。やはり安楽死を大っぴらに認めているせいか、そういう目的でこの国を訪れる者は未だ多いのでしょう。

「いかにも」

ヨーゼさんはここぞとばかりにキメ顔を浮かべました。

「そうですか」

そして門兵さんは軽く頷きつつ「お隣の女性は同行人ですか？」と尋ねます。

同行人、ではありませんね。

「いえ――」ですから私は首を振ったのですけれども。直後に門兵さんはさらりとのたまうのです。

「ちなみに安楽死のためには同行人の同意も必要になってきますよ」

などと。

「おっと、そうなのですか」ふむふむ、とヨーゼさんは頷き。「じゃあ同行人です」これまたさらりとよく分からないことをおっしゃいました。

「えっ」

何言ってんですか？

「イレイナ殿、頼む。一芝居うってくれ」

「と言われましても」ほんと何言ってんですか？

「頼む」じゃらじゃらじゃらじゃらお金が私の手に落ちました。

おやおや。

「同行人です」

「かしこまりました」

それではどうぞ――と門兵さんは私たちを国へと促（うなが）します。

だいたいそんな流れを経（へ）て、私とヨーゼさんは安楽死を認めている国へと入国を果たしたのです。


石畳の大通りをしばらく進んだ先に、この国のお役所がありました。

例によって同行人役としてお金を受け取ってしまった私は、彼の安楽死のためにしばしお付き合いをすることになりました。

「ここ最近はこの国では安楽死が行われていないのだろう？　ということは君が歴史の生き証人になるかもしれないぜ」

「しれないぜと言われても」

人がお亡くなりになるところなど見届けたくはないものです。そもそもどうしてここまで前向きにお亡くなりになりたいのかなども私には未だに理解できないのですから。

とはいえお金を受け取った以上は文字通り最期（さいご）までお付き合いするのが筋なのでしょう。

「ようこそ。こちらは安楽死課です」

お役所に辿り着くと市民課やら税務課やら子育て支援課に並び、ごく普通に安楽死課が窓口を開いておりました。ほかの課に比べて安楽死課だけ。来庁者が蛇のようにうねうねと曲がりくねって列を成しております。

列の最後尾は『死にたい奴はここにあつまれ！』などとポップな可愛らしい字体で綴られた場違いにも程がある看板を持たねばならないようでしたので、ヨーゼさんも例によって前に並んでいた方から受け取りました。

並んでみればあらためて列の長さを実感します。

私は遥か先に見える窓口を見つつ、

「こんなに死にたい人が多いんですか」とため息。

現代社会の闇ですね。

ちょうどそのとき、私たちの後ろに並んだ壮年の男がヨーゼさんから最後尾の看板を受け取りつつ、「ふん」と鼻を鳴らし私たちを眺めました。それは見るからに新参者を見やる訳知り顔のベテランの表情そのもの。まるで若かりし頃の自分自身を見つめるかのような懐かしさとノスタルジーを携えた瞳をこちらに向けるのです。

そして男は、ダンディズム溢れる渋い声で、私たちに言うのです。

「お前等、もしかして安楽死は初めてか？」

いやいや。

「そりゃそうでしょうに」そう何度も死ねるわけないじゃないですか。

「そうか。ちなみに俺はこの道十年のベテランだ」

「不老不死(ふろうふし)の方でしたか」わーすごーい。

「いや違うそういう意味じゃない」

曰く、私たちの後ろに並んだ男は十年前から度々このお役所に訪れては列に並んでいる大ベテランなのだとか。

「並大抵(なみたいてい)の努力では書類審査は通らないぞ——覚悟(かくご)をしておけ」

以上。先人による有難いお言葉でした。

「だそうですよヨーゼさん」

「無論(むろん)だ。覚悟ならとうにできているさ」

胸を張り、勇(いさ)ましい彼は頷きます。

おおまさに死地へと赴(おもむ)く騎士のよう。

そしてなんやかんやで一時間ほど死にたがりの行列を進んだのちに、私たちは窓口まで辿り着きました。

窓口にて受付のお嬢様はにこやかに微笑(ほほえ)んでおられました。

「ようこそいらっしゃいませ。安楽死がご希望ですね？」

「いかにも安楽死がご希望です」ヨーゼさんは然(しか)りと頷きました。

「かしこまりました」慣れた様子で書類を準備しつつ、受付さんはヨーゼさんを見上げます。「お客様は安楽死の手順に関してご存じですか？」

「いや、詳しくは知らんな——」

「かしこまりました。では説明いたしますね」

こほん、と一度咳払(せきばら)いをしつつ、受付嬢さんは書類を机に並べ、

「まず我が国で実施している安楽死に関してですが我が国の安楽死の歴史は古くおおよそ百年前まで遡(さかのぼ)ります歴史的な大飢饉(だいききん)に襲われた当時は今よりも医療技術も未熟であり病に喘(あえ)いで亡(な)くなる事例が後を絶たなかったのですゆえに苦しまずに命を絶つ方法として安楽死という手段が粛々(しゅくしゅく)と用いられるようになりました当時から扱(あつか)われてきた安楽死という手法はその後我が国の文化の一つとして根付いており諸外国から安楽死を求めてやって来る者が一定数現れるほどに――」

長い長い。

「――なお安楽死を受けるにあたって注意事項が幾(いく)つかありますまずお客様が外国籍の方の場合は我が国の住民となっていただく必要がありますこれは諸外国に籍を置いている方に安楽死を受けさせた場合において殺人として起訴(きそ)されることを防ぐためでありますあくまで我が国の安楽死は我が国の民にのみ適用されるものですからこれは同意いただけないと実施できませんまた安楽死のためには幾つか手順が必要です――」

長々とした受付嬢さんによる大事なお話はどうやらこの行列に並ぶすべての人になされているようで、なるほど長蛇(ちょうだ)の列がだらだらと続くことも納得できる話です。

しかしすべて詳(つまび)らかに説明してくれているとはいえその内容を、安楽死を求めるお方が生真面目(きまじめ)に聞いているかといえばまったくそんなことはありません。

「……ふむ」だとか、「……なるほどォ」だとか、私の横でヨーゼさんから時折漏(も)れるのはやや要

領を得ない微妙な返答のみ。

明らかに生返事です。

何なら「まあ別に死ぬしどうでもいいかな……」という心境すら薄っすら透けて見えるかのようでした。

しかしされど受付嬢さんのお話は続きます。

「我が国に籍を移して頂いたあとは――」

「うむ」

よく分かってないのに返事してますねこれ。

「それから安楽死の同意書にサイン頂いた後は――」

「なるほど！」

適当に頷いてますね。

「――以上のことを同意いただける場合のみサインをお願いします」

「よかろう！」

よく分からないのにサインしてますね……。

それから受付嬢さんは、

「それでは先ほどお話しした通り、こちらの申請書をご記入ください。また、提出の際は第三者によるサインとご家族の同意書を一緒に提出をお願いします」

と言いながらよく分からない書類を大量に渡してくるのでした。

「……うむ？」首をかしげるヨーゼさん。

なにこれ？　と言いたげでした。

「最初にそのようにご説明しましたよね？」

にこにこと笑みを浮かべながらも「話聞いてなかったの？」とでも言いたげな雰囲気を醸（かも）し出す受付嬢さん。

それから受付は終わり、書類の作成に入りました。

この辺りで気づいたのですが、どうやらこの最初の書類の提出で躓（つまず）くお方が多いようです。家族の同意書が得られないだとか、知り合ったばかりの第三者から安楽死の同意書にサインをもらえないだとか、それから、

「よう新米。どうやら第一関門に入ったようだな。だが気をつけろ。この書類で邪（よこしま）な動機を書き込むと落とされるぞ」

ダンディズム溢れる謎のベテランさんが横からアドバイスを勝手にくれました。「あくまでこの国の安楽死は前向きな動機による安楽死を推奨している。借金で首が回らなくなっただとか、そんな事情を書き込むと落とされるぞ」

なるほどと思いました。

幸いにもヨーゼさんは前向きが過ぎる理由でこの国まで来ていますので、問題はないでしょう。

第三者の同意も、まあ私がいますし、心配いりませんね。

唯一問題があるとするならば家族の同意ですけれども。

曰くヨーゼさんは天涯孤独（てんがいこどく）の身であるらしく、同意書も必要ないようです。

「ふっ……完璧だ」

そして、申請書を無事書き終えたヨーゼさんは、受付嬢さんに再び書類を叩（たた）きつけて、踵（きびす）を返し戻ってきました。

「これで僕も安楽死、か……」

妙な感慨（かんがい）にふけるヨーゼさん。

ところで気になったんですけど。

「無事に今書類を出せたとして、安楽死が決まるのはいつなんですか？」

と私はヨーゼさんに尋ねます。例によって私はヨーゼさんと一緒にいながら、「まあそもそも私が安楽死するわけじゃないですしー」と高をくくって受付嬢さんのお話をまったく聞いていなかったのです。

私の素朴（そぼく）な疑問に答えてくれたのは、先ほどからしれっとヨーゼさんと一緒にいるダンディなベテランさん。

「？　なんだ。聞いていなかったのか？」ベテランさんはさらりと言います。「これから検査や面談や審査が立て続けに行われて、全部合格すれば安楽死できる。まあ確定するのは早くて五日後くらいだろう」

「……ええ？」

当惑するヨーゼさん。

そんな話まったく聞いてませんでしたが？　とヨーゼさんは受付のほうを振り返ります。

「……？」

受付嬢さんは首をかしげ、

『最初にそのように説明、しましたよね？』とでも言いたげな空気を醸しつつにこりと笑っておりました。

○

安息の地エルドラは「死にたいでーす！」と手を挙げたところで「どうぞどうぞ」と安楽死を認めてくれるということはないようで、安楽死が受理されるためには手順をきちんと踏まねばなりません。

人の死を扱うからこそ万全を期する必要があるのです。

なので。

まず最初に精神鑑定が行われました。

「まず精神鑑定ですがこれは『死にたいという欲求が極めて正常な精神状態でなされているかどうか』を見極めるために実施されます最初に幾つか絵を見ていただきこれがどのような模様に見えるかをお答えくださいそれから二百問程度の質問に答えていただき最後に面談をすれば終了です」

「なるほど」

「で、君ほんとに死にたいの？」

「死にたいです！」

死にたがりには思えぬほどに、いえーい！　とアピールするヨーゼさん。

その翌日は健康診断が行われました。

持病を抱えていないかどうかを確認するために実施されるそうです。

「見てくださいこの健康的な肉体を！」

「あ、はい合格です」

「もっとよく見て！」

「合格です」

「もっと！」

「次の方どうぞ」

その翌日には彼の犯罪歴が調査されました。

「きみ過去になんかヤバいこととかやってないよね？」

「もちろんです！　健全さを絵にかいたような男ですよ僕は！」

「そうなんだ。無犯罪を証明できるもの、何かある？」

「健全な精神は健全な肉体に宿るという言葉をご存じですか」

「うん」

「つまりそういうことです」

「なるほどね。ところで何で脱いだの？」

「健全さを証明するためにまずはこの肉体を見てもらおうかと思いまして」

「こいつやベーな」

犯罪歴はないにしてもそこそこやベーやつなのではないかという疑惑が持ち上がりましたが、一応彼は精神鑑定と健康診断、それから犯罪歴の調査をすべてパスしました。

この国大丈夫なのかなと思いましたがとりあえずパスしました。

その翌日にはお役所へと再び戻り、書類をひたすら書きました。

「精神鑑定と健康診断と犯罪歴の調査お疲れ様でしたしかしまだすべて終わったわけではなくこれから数十枚に渡る契約書と申請書と同意書と誓約書など様々な書類に目を通していただきサインを頂くことになりますのでご協力をお願いし」

「ふむなるほど！」よく分からないのに頷くヨーゼさん。

「大変ですね」端(はな)からお話など聞いていない私。

「これらの書類にサインを頂く前に事前に説明を受ける義務がございます。これは死んだあとになって『聞いた話と違う！』とクレームを入れられないためです」

「なるほど！」

「いや死んだあとにクレームってなんですか」

おばけですか？

「ではまずこちらの同意書をご覧ください――」

ややや疑問もありましたが、それから受付さんによる長々としたお話と書類の作成が開始されるのでした。

「――ご同意いただけたらサインをお願いします」

「よかろう！」さらさらと紙きれにヨーゼさんのお名前が綴られます。

「では次の書類ですが――」

「うむ！」

それから先は面倒くさいなどという言葉では足りないくらいに面倒くさい手順が待ち受けていました。説明を受けて、サインを書いて、説明を受けてサインを書いて、それから説明を受けてサインを書いて、とにもかくにもヨーゼさんが現段階でこの安楽死という手段を選ぶことに異議がなく、誰にも責任がないことを証明するための証拠づくりが粛々となされたのです。ちなみに私はその間本を読んで過ごしました。

「次はこちらを――」

「うむ……！」

さらさらと彼の名が綴られます。

「その次はこちらを――」

「う、うむ……！」

「それからこちらの書類に関して説明をさせていただきますね。まず――」

「……うむ」

「それから――」

「………」

大体本を何冊か読み終わった辺りでヨーゼさんが無言になっておられたので、「おやおや一体何事で？」と私は顔を向けるに至りました。

「同意いただけましたらこちらの書類にサインをお願いします――」

「………」

まさしく死んだような顔でサインをするヨーゼさんがそこにはおりました。

おや安楽死を望んだわりには苦痛に満ち満ちた表情ですね？　と首を傾げる私。

「やはりこうなったか……」

いつの間にか私の横を陣取っていたダンディなベテランさんが話しかけて欲しそうな感じを醸しながら呟いておりました。

「………」私は仕方なしに本から顔を上げます。「何かご存じなんですか」

「精神鑑定、健康診断、犯罪歴の調査。この三つさえパスしてしまえば安楽死は確定したようなもんだ。だがな、お嬢ちゃん。安楽死を求める新米にとってはそこから先が地獄なのさ」

「はあ……」

「ご覧の通り手続きが死ぬほど多いんだ」

「確かにご覧の通り死にそうな顔をしていますね」

最初の威勢のよさはどこへと消えてしまわれたのか、彼は表情のない顔で受付嬢さんのお話に耳を傾けるばかり。責任の所在を曖昧にするための手続きは、しかしそれでも延々と続きます。

「こちらにサインを――」

「………」

萎れた花のように萎びたヨーゼさんはもはや頷きサインを書き込むだけの抜け殻となりつつありました。

安楽死を求めておきながら苦痛を乗り越えねばならないとは皮肉なものです。

そんな彼の様子を見つつ、ダンディさんは、

「ふっ、しかし、つい先日来たばかりの新米に先を越されちまうとはな……」とダンディズムを醸しました。ちなみに余談ではありますがダンディさんは一番最初の書類審査で落とされたそうです。何がいけなかったのでしょうか。「実は先日恋人に振られてね」何がいけないのかは明白ですね。

そうして私がダンディさんの暇つぶしに付き合っている最中。

「――以上で書類はすべて終わりです。お疲れさまです」

などと。

受付嬢さんのフラットな声が聞こえました。

「書類が……終わり……？」しなびたヨーゼさんが震えた声で尋ねます。「ということは……？」

「安楽死が確定しました」

「やったああああああああああああっ！」

萎びたヨーゼさんが復活しました。それはまさしく水を得た花の如し。

「具体的な日程をお知らせしますね。少々お待ちください」

受付嬢さんはそのように言って席を外しましたが、しかしもはやヨーゼさんにはそのような言葉など聞こえてはいなかったことでしょう。

両手を挙げて喜ぶ彼は、すべての苦悩から解放されたのです。

「世話になったなイレイナ殿！　来世でまた会おう！」

何ならこのまますぐにでもお亡くなりになりそうな雰囲気すらありましたね。

「私はまだまだこちらにいるつもりですので来世で会う頃にはあなたはおじいさんになってますよ」

「よう新米。おめでとう。まさか一発で安楽死をキメるとはな……なかなかやるじゃないか」ぽん、とヨーゼさんの肩に手を置くダンディさん。

「ありがとうございます！」直後にヨーゼさんは私を見やります。「ところでこの人誰なんだ？」

「それは私が知りたいです」

いつの間にやら同行人のようになっていますが。

とはいえ最早ダンディさんが何者であるのかも彼にはきっと関係ないのです。

「まあもう死ぬしいっか！」

だってこんな感じですし。

最高潮に浮かれる彼のもとに受付嬢さんが戻ってきたのは、それからほどなくしてから。

受付嬢さんは浮かれる彼にまず拍手をしつつ、「おめでとうございます。安楽死の日程が確定しました」と告げました。

言葉にされて初めて安楽死という言葉が現実味を帯(お)びてきたような気がします。

それから受付嬢さんは、紙切れを両手で持ちながら、言うのです。

「あなたの安楽死の日程は五十六年後の〇〇月〇〇日です。安楽死の日程までの健(すこ)やかな生活をお祈りしています――」

などと。

直後にぴたりとヨーゼさんが止まります。

「……ん？」

五十六年後？

「あの……？　今何と……？」

しなしなと萎れてゆくヨーゼさん。聞き間違いですか？　聞き間違いじゃないですか？　と彼は尋ねますが、しかし無慈悲(むじひ)にも受付嬢さんは語ります。

「五十六年後です」

後になって聞いた話ではありますが、やはりこの国では近頃、安楽死はほとんど実施できていないそうです。

安楽死を求める予約が多すぎるせいで、今から予約をしても実施されるのは数十年後。

予約をした者はとっくに天寿(てんじゅ)をまっとうしてしまっているのです。

「やだあああああああああああああああああああっ！」

と叫ぶヨーゼさん。そんな話聞いてないよ！　と彼は絶望に打ちひしがれました。

されど受付嬢さんは、そんな彼に対しつとめて冷静に語るのです。

曰く。

「最初にそのように説明、しましたよね？」

第四章　刀の呪いと二人の話

リエラさん。

彼女はとても不思議な雰囲気を纏った女性でした。歳の頃はおそらく二十歳そこそこといったところでしょう。

美しい桃色の髪は頭の後ろで一つに束ねられ、風にそよいでいました。瞳は青く、真冬の空のように澄んでいます。

身に纏うのは赤のローブ。彼女は魔法使いでした。

しかし不思議なもので、彼女はいつも東洋の刀を腰に差していました。では東洋の出身なのでしょうか？　なんだか私が知っている東洋出身の方のイメージとはかけ離れているような気がしますけど。

私が尋ねると彼女は少し恥ずかしそうに、

「東洋のほうには行ったことないんですよ」と頭をかいておりました。

しかしながらついでに「でも東洋の刀を持ってるから東洋出身って発想が安直では？」とも指摘されました。ド正論ですね。

「しかし魔法使いが刀を持ち歩くなんて珍しい気もするんですけれども」

魔法使いといえば杖を振るえば大抵のことはなんとかなってしまうものですし、わざわざ刀など持ち歩かなくとも問題があれば魔法で解決できるでしょう。

はてそれでは何ゆえに持ち歩いているので？

だから私は尋ねました。

彼女はすると、冗談めかして笑いながら、答えるのです。

「それはこの刀に聞いてください」

などと。

不思議な彼女は、言葉までもが不思議に満ちていました。

○

あ、お金ない。

とある国の門をくぐった瞬間、私はふいに直感しました。それはまるで虫の知らせのように唐突に、しかし同時に明確に、私の脳裏にその一言がよぎったのです。

すぐさま財布を確認してみれば、直感はまさに事実であることが詳らかになりました。

ぱっかーんと口を開いたお財布の中身は銅貨数枚程度。もう吐くものなんて残っていませんよぉと弱音を吐くかのようにお財布は至極ぐったりしていました。弱音を吐くくらいならお金を吐いて欲しかったというのが私の正直な所感でしたが、まあ致し方ありません。それから絞り出したところで落ちてくるのはほこりか屑ゴミくらいのものでした。

ともあれ私の頭はすぐさまこの後起こりうる出来事をすさまじい速度で演算し、ばっちり弾き出したのです。

お金ない。

稼がないと生きていけない。

死ぬ。

やばい。

つまり導き出される結論は一つ。

「これはやばいですね……」

即座に出た言葉がたったそれだけの時点で既に欠片ほどの冷静さも残っていないことは明白でしょう。

実際このときの私は朝から何も食べておらず、そのくせ突然お金がないことを思い出したせいで少々焦っていたのです。

とりあえずとっととお金を稼がないといけませんね――。

「いらっしゃーい。焼きたてのパン、美味しいよー」

とりあえずとっととお金をもぐもぐもぐもぐ。

「いい食いっぷりだ嬢ちゃん。美味しいかい？」

「やばいですね……」

語彙力と思考力がもれなく死滅していることからも察せられることかと思いますが、重ねて言いますと私は冷静ではなかったのです。

とはいえ腹ごしらえをしたところで少しだけ頭がまともさを取り戻しました。

「とりあえず何かしてお金儲けでもしますか……」

吐くものなくても絞り出せば何とかなるものですが。つい最近お金儲けしたばかりのはずなんですけどね……おかしいですね……。調子に乗って豪遊したからでしょうか。我がお財布は何もかも諦めたかのようにぺったんこに萎んでしまっていました。

ああこのままではパンを摂取したばかりの私のお腹もいずれぺったんこになってしまいますね……ふふふ……。

「嬢ちゃん。きみ、お金ないのかい？」

パンをほおばりながらこの世に絶望した顔をしていたからでしょうか。露店の店主さんに普通に心配されてしまいました。

「まあ……そんなところですね……」

覇気のない声を返す私でした。店主さんはじゃあ何でパン買ったんだよと呆れたような顔をしながらも、

「それならいい稼ぎ場所があるよ」

あんた運がいいね――と、耳よりの情報を一つ提供してくれました。

この国は私のようなよそ者でも簡単にお金を儲けることができる美味しい仕組みが一つあるのだ

といいます。

「大通りを真っ直ぐ行った先に広場がある。そこに行ってごらん」

「何があるんです？」

「助け合いの輪があるよ」

それは比喩表現ではなく、本当にそういう名前の仕組みがこの国にはあるのだといいます。

曰く、この国の広場には大きな掲示板が設置されており、そこに悩みを綴ると、どこかで誰かがその相談に乗ってくれるのだとか。

助けを求めれば誰かがそれに応じ、そして誰かが助けを求めていればそれに応える。相互扶助そのものであるこの国の掲示板のことを一般的に助け合いの輪と呼んでいるそうです。

露店の店主さん曰く、ここに張り出されている依頼に応じると報酬がもらえるのだとか。

「まあ、普通は報酬なんて気にせず博愛精神で依頼を引き受けるものなんだけどね。お金に困っている人が人助けをして儲けたりもしているみたいだね」とも教えてくれました。

ほうほうなるほど。

いいことを聞かせてもらいましたね。

「実は私、お金に困ってはいないのですけれど、博愛精神に満ち溢れているのでちょっと掲示板覗いてきますね」

「ん？　あ、うん」

「情報ありがとうございます」

こんなことを言うと「多重人格の方なんですか……？」などと疑念を抱かれてしまうような気がするのですが、私とてたまには博愛精神というものが重い腰を上げることもあるのですよ。

それから助け合いの輪なる掲示板まで足を運んでみると、確かに様々な方々による相談が綴られていました。

それはたとえば「恋人の浮気の証拠を掴んで欲しい」というものであったり、あるいは「お洒落な喫茶店に行きたいから誰か一緒に行ってください」という微笑ましいものであったり、もしくは「僕と一口デートしたい人募集中！」という下心丸出しの依頼であったり。

相談内容は何でもいいみたいです。

そしてどの依頼に応じるのかもこちらの自由みたいです。

「ほう……この依頼は結構金になるみたいだな……」「ええ？　お洒落な喫茶店に行くだけで金がもらえるのかい？　最高か……？」「ええ？　この男とデートしないとお金がもらえないの……？　最悪か……？」

などなど。掲示板の前で吟味する方は私以外にもちらほら。

せっかくですから私も相談ごとの一つや二つはこなしてみましょうか？

「しかしどれも結構いい報酬ですね……」

この時点で私の中の博愛精神が何事もなかったかのように腰を下ろしたのは言うまでもありませんが、何はともあれ私はそのなかの依頼から、それなりに楽で、それでいてお金儲けになりそうなものを探したのです。

たとえば交通手段に困っている相談だったりすると都合がいいですね。この国から移動するついでに人をほうきに乗っければお金がもらえる、ということになるのですから。

「……むっ」

ほどなくして、まさに都合のいい依頼が目に留まりました。

それはこの国に二週間ほど前に来た魔法使い、リエラさんからの依頼であり。

不思議な依頼でした。

『はじめまして。私はリエラと申します』

ありがちな書き出しから始まる彼女の依頼は、それからこのように綴られていました。

『私は現在、とある目的地を目指して旅をしています。これまでの旅路は商人さんに頼んで積荷と一緒に運んでもらったり、時には野宿しながら歩いてここまで来たのですが、私一人ではどうしても旅路の先に辿り着くことができないのです。だからどうかご協力ください。私は現在、宿屋に泊まっています。ご協力いただける方は下記の場所まで――』

掲示板に綴られた依頼には彼女自身の情報も併記されていました。

リエラさん。

歳は二十歳。

故郷はここから遠くの名も知らぬ小さな村。

魔法使い。

『私はほうきで飛ぶことができません。私の故郷ではほうきを用いて飛ぶ風習がありません』

目指す先は、ヴォート国跡（こくせき）――と呼ばれている廃墟（はいきょ）だそうです。

その目的地とやらを目指している理由については、記載がされていませんでした。

このヴォート国跡という場所について私が知っていることは何もなく、ですからリエラさんとやらが待つ宿屋に向かう途中でそれとなく先ほどパンを買った露店の店主さんに、お礼を言うついでに尋ねてみたのですが、

「ん？　ああ、それなら山奥の秘境（ひきょう）にある国の跡地（あとち）だな。随分（ずいぶん）前に内乱で滅（ほろ）んで以来、誰も住んでいないそうだ」

とのことで。

「観光地ではないんですか？」

「秘境すぎるせいでな」

曰くヴォート国跡は山奥の断崖絶壁（だんがいぜっぺき）の先にあり、ほうきがなければ辿り着くのは困難だそうです。

そのうえ長年放置されていたせいでほぼ廃墟と呼べるくらいに荒（すさ）みきっているゆえに誰も近寄らないのだとか。

「あんなところに行きたがるやつがいるのだとしたら、よほどの変わり者だね」露店の店主さんは最終的にお話をそう締めくくりました。

なるほどなるほど、と頷（うなず）く私でした。

掲示板に張り出されていたリエラさんの依頼には、このようにありました。

『どうしてもヴォート国跡に辿り着いてやらねばならないことがあるのです』『だからご協力ください』『お願いします』『お願いします』『料金は半額前払いで事後に残りをお支払いします』『全額前払いでも大丈夫です』『報酬少なければ相談ください。増額できます』『逆に幾(いく)らくらいならやってくれますか？』

よほど切迫した事情があるのでしょうか。

彼女が出した依頼は、一枚ではありませんでした。

何枚も何枚も、彼女の名前で綴(つづ)られた依頼が私の手元にはありました。この国に入国して以来二週間もの間、ずっと書き続けてきたのでしょうか。

助け合いの輪といいながら彼女が幾ら手を差し出しても誰も掴まなかったのですから悲しい話ですね。

「ここですか」

立ち止まります。

目の前にあるのはぼろぼろの宿屋。たとえば両手でえいやっ、と押してしまえばそのまま倒れそうなほどに古く怪しい雰囲気のある宿屋でした。

「……こんにちはー」

ですから慎重(しんちょう)に扉(とびら)を開く私でした。

昼間というのに薄暗い店内にはおよそまともな光が差し込んでおらず、じめついた空気の中、カウンターに店員が一人、ラウンジには宿泊客と思しき女性が一人おられるだけでした。

「…………」

ラウンジに座っている女性は、品定めするように私をじろじろと見つめます。綺麗でお淑やかな顔立ち。けれど剣呑とした表情の彼女は、やがて口もとにわずかな笑みを浮かべました。

なんか狙われてる気が、しますね……。

ぞわりと嫌な予感を感じつつ、私はカウンターまで真っ直ぐ歩き、そして依頼書を掲げつつ、

「すみません。こちらにリエラという魔法使いさんはいませんか？　二週間前からここに滞在しているみたいなんですけど」

と尋ねます。

店主さんは彼女の名に覚えがあるようです。

「ああ、彼女なら――」そして店主さんは、私の肩より少し右を見つめました。

直後です。

「よう。小娘。何か用か？　ん？」

ぐい、と私の肩に手を回す馴れ馴れしい女性が一人。

顔を向けると今しがた目が合ったばかりの女性がいつの間にやら私の傍に立っていました。桃色の髪を後ろにまとめた彼女はローブを着込んでおり、魔法使いであることは疑いようがありません。

「……ちょっとリエラという魔法使いさんに用がありまして」

「掲示板に貼り付けた依頼の件でか？」

「……よくご存じですね」

少々驚いて見せると、彼女は誇らしげに「あたり前だろ」と頷きます。

「それはオレ様のことだからな」

「………」

「オレ様がリエラだ。とりあえず握手でもしようぜ」

「……あ、イレイナです……よろしくお願いします……？」

困惑する私の手をむりやりとって、彼女は「これでオレ様とお前はお友達だな」などと意味不明なことを語りました。

「お前の働きには期待してる」

ぽん、と私の肩を彼女の手が叩きます。

私は無言で自らの手に視線を落としました。

『はじめまして。私はリエラと申します』『どうかお願いします』『私を助けてください――』

そこにはリエラさんが書いたとされる真摯で必死な訴えが綴られていました。

「………」

「おいおい何だ相棒。そう熱い視線で見るなよ」

へへっ、とリエラさん。

「………」

もうお友達から相棒になってる……。

距離感が分からない……。

「どうする相棒？　今からヴォート国跡行くか？　オレ様はいつでも準備万端だが？」

「………」

露店で耳に入れた情報によりますとヴォート国跡はここからほうきで移動しても丸々三日はかかる程度に距離のある秘境。今すぐ行くには億劫な距離です。本音を申し上げるならめんどいです。

「いえ今すぐというわけには――」

「じゃあ明日の朝！　国の門の前で待ち合わせしようぜ」

「あ、はあ……まあ、それなら……」

「よし決まりだな！　よろしくな相棒」

それから彼女は私の手をとって固く握手を交わしながら「いえーい！」と大喜び。そこには底抜けに明るい――というか目がくらむほど明るいリエラさんがおられたのです。

それは見れば見るほど掲示板に綴られていた文面の彼女とはかけ離れていて、

「多重人格の方なんですか……？」

だから私の口からそのような言葉が漏れたのもごく自然なことと言えるのではないでしょうか。

翌日。

陽が昇った頃に宿屋で目を覚ました私は、軽く伸びをしてからベッドから這い出て、顔を洗って、身支度を済ませて、大体そのあたりのタイミングで、私は「ああそういえば待ち合わせ時間に関しては打ち合わせしてなかったですね……」と気づきました。

しかし直後に「ま、いっか」とも思い至りました。

大変申し訳ないのですが、昨日お会いした彼女はとてもとても軽いノリで、そんな彼女だったので、「テキトーな時間に宿出たよ」などと笑いながら門の前まで訪れる彼女が容易に想像できてしまったのです。ですから私もまあテキトーな時間に宿を出てもいいだろうと勝手に思い、ゆっくり準備をして、ゆっくり宿を出ました。

「………」

門へと向かいながら、考えます。

リエラさんはこれから数日間、旅路を共にする相手です。

彼女の言葉の通りに相棒になる必要はないにしても、しかし少しくらい距離感を詰めても悪くはないのではないでしょうか。

こちらから彼女に歩み寄る努力もすべきです。

「おや」

ちょうど喫茶店などのお店が開き始めた頃に、私は門の近くまで辿り着いたのですけれども。

意外にも——なんて言ったら失礼ですが、リエラさんは既に門の前まで来ていました。

「…………?」

私は首をかしげました。

昨日とは様子がまるで違うのです——服装も、身なりも、昨日とほとんど変わりないのですが、自信に満ちた昨日の表情からまるで人が変わったかのように不安そうな、心細そうな表情をなさっているのです。

……結構前から待っていたのでしょうか？

だとすれば悪いことをしてしまいましたね。

「遅れてすみません」

歩みつつ声を掛けます。

彼女は私と目が合うと、「あっ」と小さく声を漏らし、「い、いえ……私も今来たところです……」と自らの髪を撫でつつ、緊張気味に答えるのでした。

何ですかその初々しい恋人みたいな反応は。

距離感が相棒から恋人になっちゃったんですか……？

「いえーい」

なんだかよく分かりませんでしたが私は昨日の彼女のノリに合わせるように片手をひょいと上げました。

ハイタッチです。

「……え？」しばらくきょとんとしながら虚空に上がる私の手を眺めていた彼女は、やがて、「あっ、い、いえーい……？」ちょん、と控えめな感じに私の手に触れ、

「よろしくお願いします……」

そして深々とお辞儀をひとつ。

………。

距離感が……分からない……。

近いようで遠いような、遠いようで近いような、曖昧でぼんやりとした陽炎のような距離感の彼女でした。

軽くハイタッチを交わしたのちに彼女は私をじっと見つめると、懐から分厚いメモ帳を取り出して開き、それから私の顔とメモ帳を交互に見やります。

そして。

やがて控えめな様子で、彼女は尋ねるのです。

「あの、昨日、私の依頼を受けてくれた魔法使いさん、で合ってますよね？　名前は確か——イレイナさん、ですか？」

などと。

まるで初対面であるかのように、語るのです。

唖然としたのは言うまでもありません。

「多重人格の方なんですか……？」

だから私はそのように、尋ねたのです。

彼女はゆっくりと首を振り。

「そうとも、そうでないとも言えますね」

曖昧でぼんやりとした言葉を私に返すのでした。

○

それから国を出て、ほうきの後ろに彼女を乗せたあたりで彼女は自らのことを語ってくれました。

曰く、リエラさんは今、一つの身体で二つの人格を有しているのだといいます。

驚くべきことではあるのですが、しかし自然と腑に落ちている私もいました。恐らくは助け合いの輪に投書をしたのが、今しがた私のほうきの後ろにいる彼女。そして昨日お会いしたのが、もう一つの人格のほうなのでしょう。

「人格はお昼過ぎで入れ替わります。だいたい午後三時辺りまではこの私。三時から昨日イレイナさんとお会いしたほうの彼女になります。私たち二人が起きている時間がちょうど半々になるのがそのくらいの時間なんです」

「なるほど」

ならば便宜上、朝のリエラさんと夜のリエラさんと呼び分けることにしましょう。

朝のリエラさんは比較的穏やかな性格でした。活発さはなく、声も小さく、自信があまりなさそうに見えます。

しかし随分と不思議な体質ですね。

さしあたってほうきで近くの集落まで目指しつつ、私は彼女に尋ねます。

「生まれつきそういった体質なんですか？」

「いえ」彼女はあっさりと首を振ります。「私がこういう風になったのは二年前からです。それまではもう一人の私は私の中にはいませんでした」

「二年前から」

「はい。その頃から、私と彼女はヴォート国跡を目指して旅をしています」

「けれど何もない秘境だそうじゃないですか、あそこ」

「そうみたいですね――」

「なにかご用でも？」

と私が彼女のほうを振り返ると、リエラさんは少々悩ましげに眉根を寄せながら、

「私も詳しくは知らないのですけれど、ヴォート国跡は、彼女の生まれ故郷なのだそうです」

「彼女」

「もう一人の、午後三時頃からお話ができるほうの彼女です」

「………………」

二年前から二重人格で、もう一人の人格は生まれ故郷がある。ということでしょうか？

言い換えるならばそれは多重人格というよりも、赤の他人が昼過ぎから彼女の身体を乗っ取っている、ということになりかねない気がするのですけれども。

そうとも、そうでないとも言えますね――と国の門で彼女が語っていた理由の一端が、見えたような気がしました。

「イレイナさんは呪いの武器というものの存在をご存じですか？」

リエラさんは尋ねます。

呪いの武器。

まったく聞き覚えがないわけではありません。

私は頷きながら、

「大きな力を得る代わりに多大なデメリットを背負わされる羽目になる類の武器のことですよね」

大きな力には代償が伴うというのは当然の話で、呪いの武器に限った話でいえば、たとえばそれは、「一度手にしたが最後、何度捨てても戻ってくるようになったり、寿命が縮まったり」などなど。

「そうですね」リエラさんは頷きました。

「それが何か」

「それが私の脇に差してある刀の正体です」指先で刀の柄をなぞりながら、彼女は言いました。

ではどのような余計な効果がついてるのですか――と尋ねかけましたが、これは聞くまでもありませんね。

「厳密に言えばオレ様はリエラじゃないんだよ」

午後三時を迎えたのちに夜のリエラさんが教えてくれました。

私のほうきの後ろで脚を組み、腕を組むというふてぶてしさの塊のような態度をとりつつ、彼女は語ります。

「オレ様は二年前にあいつと一緒になってな、それ以来旅してる」

「とすると朝のほうの彼女はあなたの帰郷に付き合ってくれているということですか」

「やることがないんだとよ」

「ほう」

「ま、刀に呪われてるままじゃあやりたいこともできんだろうしな」

「……解く方法はないんですか？」

「帰郷すれば元に戻れるぜ」

「ああ……」

じゃ結局のところ、やることがあろうとなかろうと朝のリエラさんは呪いの刀の帰郷にお付き合いしなければならなかったということですか。

「で、あなたはどんな呪いを持った刀なんです？」

「一度手に持ったら何度捨てても戻ってきたり、持っているだけで寿命が縮んで、ご覧の通り昼過ぎになると別人格に身体を乗っ取られる」

「呪いの塊みたいな刀ですね」

「よせやい照れるぜ」

へへへっ、とリエラさん。

褒めてない……。

私とリエラさんはそれからしばしお話をしながら平原をほうきで飛び続けました。

私と一人もしくは二人は、それからおよそ数日の短い旅路を、共にすることになりました。

○

厳密にいえば多重人格というわけではなく、あくまで昼過ぎになると刀が人格を乗っ取るだけ。であるからかどうかは定かではありませんが、確かにリエラさんというお人は朝と夜では面影など微塵にも残さず別人でした。

たとえば些細な食事の好みであっても朝の彼女と夜の彼女では面白いくらいに違うのです。

「相棒。これから数日間オレ様と一緒に夕食を摂るにあたって、絶対に守って欲しいことがある」

ヴォート国跡へと向かう道中。初日は平原をひたすらほうきで飛び、陽が暮れた頃になってとある集落に辿り着きました。

夕食は宿屋で私の手料理を振舞うことになったのですが、夜のリエラさんはご機嫌ななめでした。

「守ってもらいたいこと？」

何です？　と私が小首をかしげてみせると、彼女は一言。

「キノコだ」

と言いました。

「キノコ？」

私は視線を落とします。

その日の夕食は質素なシチューと質素なパン。私はキノコを憎悪していますのでキノコは入っておりません。

よい夕食ではないですか。「何か問題でも？」私は再度首をかしげました。

すると夜のリエラさんは、

「オレ様はキノコが好物でな」

「はあ」

「これから毎食、キノコを入れて欲しい」

「はあ……」

「頼んだぜ、相棒」

というような注文が夜のリエラさんからはなされました。さてさてそれでは翌日朝食のリエラさんの様子がどうだったのかといえば。

「ふむ……」

私の向かいに座る彼女は、メモ帳を至極真面目あるいは少々むっとしながら睨んだのちに、朝食に目を落としました。

朝食は昨日の残り物でした。が、リエラさんがまた不機嫌になるだろうと思い至り、彼女の食事だけ焼いたキノコを追加で置いておきました。

「どうかしたんですか？」

私は尋ねます。

するとと朝のリエラさんはとても悲しそうな顔で私を見ました。

「どうして、私の分だけキノコが用意されているんですか……？」

私は頼まれたから早起きしてキノコ採ってきたのですけれど、様子がどうにも妙ですね。キノコと対峙したときの私のような顔をしておられますね。これは何かの嫌がらせですか？　とでも言いかねない雰囲気すら出ていました。

　ですから私は尋ねたのです。

「リエラさんってキノコ類嫌いなんですか？」

「大嫌いです」

　即答でしたね。

　どうやら朝のリエラさんと夜のリエラさんでは食事の好みがまったく違うらしいということが判明した瞬間でした。

「あなたとは仲良くやっていけそうです」

　私はリエラさんの手をとり満面の笑みで答えるのでした。

「えっ……？　え、なんで握手……？」

「実は私もキノコが大嫌いなんです。食べ物だと思っていないくらい嫌いです」

「ええ……？　それなのに私に食べさせようとしたんですか……？」

　やっぱり何かの嫌がらせですか……？　と尚更疑心暗鬼に陥るリエラさんでした。

食事の趣味だけでなく朝と夜のリエラさんでは、当然ながら距離感もまるで違います。

「へいへい相棒！　へい！　うぇーい！」

　さてこのような中身ゼロの台詞を平然と吐くのが夜のリエラさんなのですが、彼女はこのとき私のほうきの後ろから両手を挙げてハイタッチの体勢に入っており、一体全体突然何かおめでたいことでもあったのかと私は怪訝に思ったほどです。が、

「いや別に何かおめでたいわけじゃねーよ。なんかハイタッチしたかっただけ。うぇーい！」

ぺちーん、と私の手を強引に引っ張り上げてぱちーん、とハイタッチする夜のリエラさん。

物理的にも精神的にも彼女の距離感は戸惑うほどに近いのです……。

苦手……。

「ところで相棒、お前ってさ、報酬幾らくらい欲しいの」

「え……？　いや、元々提示していただいていた額もらえればそれでいいですけど……」

「おいおいそんな無欲でどうすんだよ。帰郷に協力してもらえるんだからよ、少しくらい奮発してやってもいいんだぜ」

「奮発……？」

「報酬って幾らぐらいだったっけ」

はて幾らだったでしょうか？　私はポケットから紙切れを引きずり出しちらりと確認しました。

「こんなもんですね」金貨一枚。三日間足替わりをする報酬にしてはまあまあ贅沢な額ですね。

「倍は出そう」

「あなたとは仲良くやっていけそうです」

などと。

大体、夜のリエラさんとは斯様な他愛もない会話を交わしながらほうきに並ぶことのほうが多く、しかし、対照的に朝のリエラさんはそもそもほうきに乗りません。

「せっかくですから、商人さんに乗せてもらいましょう、イレイナさん」

ヴォート国跡は秘境といえど、そこに至るまでの道中に集落や行商人の姿がまったくないわけではありません。朝のリエラさんはどうやら商人さんの積荷と一緒に揺られることがお好きなようです。彼女との移動は基本的に馬車であり、ヴォート国跡への道から逸れそうになったときだけ、徒歩での移動に切り替えました。

「ほうきには乗らないんですか？」

私が尋ねると、彼女は頷きながら、「私は歩くほうが好きです」と答えました。

物理的な距離が離れているぶん、朝のリエラさんとの距離は一層離れているように感じました。

夜のリエラさんが「うぇーい！」などと無駄に近い距離で不可思議なことをするせいでもありますが。

とはいえ朝のリエラさんは決してお話をまるでしない方ではないのです。

二人で歩いている最中に、彼女は思い出話を何度か語ってくれました。

呪いの刀との――夜のリエラさんとの馴れ初めについても、朝のリエラさんは至極あっさりと話してくれました。

さして珍しい話でもありませんが、と前置きをしてから。

「二年前。仕事がうまく行かなかったり、友人と疎遠になったり、家族と仲が悪くなったり、そんな小さな嫌なことがたくさん重なって、ちょうどその頃、私は何もかも嫌になっていたのです」

「ふむ」

「そんな日々の中で、偶然立ち寄った骨董品屋さんに、彼女が——この刀が置かれていたのです」

言いながらリエラさんは自らの刀に触れます。

一目惚れだったそうです。

「美しい見た目に私はすぐに虜になりました。お店で初めて見たその瞬間から、ああこの刀を買わなくてはならないという使命感に囚われたほどです」

もしかしたらその瞬間から、私は呪われていたのかもしれませんね——とリエラさんは笑います。

それからリエラさんは刀を無事購入。

普通に呪われ、昼過ぎからの時間を呪いの刀に横取りされることとなったといいます。

「さすがに一日のうち半分しか私でいられないと日常生活を送るには不便しますから、呪いを早急に解く必要があったというわけです」

はあ早急にですか。

「そのわりには移動は徒歩なんですね」

じとりと私が目を細めるとリエラさんは、うふふ、とお上品に笑いました。

「歩くのが好きなので」

しかしお昼過ぎになると彼女はとたんに歩くことが嫌いになります。

夜のリエラさんは面倒くさがりなのです。

「おう相棒。お前さては朝のあいつを歩かせたな？」さすがに一つの身体を共有しているだけあって、リエラさんの身体に異常があれば夜のリエラさんはすぐに感づきます。

おいおい相棒。

どうなってんだよ相棒。

めっちゃ疲れちゃったよ相棒。

オレ様脚がもう棒みたいなんだけど相棒。

などと繰り返しねちねちと抗議してくる夜のリエラさん。

と言われましてもね。

「……私は無理しなくていいと言ったんですよ？」

「なにー？　じゃあ朝のほうのあいつが無理して歩いたってことか？」ほんとかー？　と目を細める夜のリエラさん。

彼女はそれからメモ帳をポケットから出して、開きました。

直後に納得したように頷きます。

「あ、ほんとだ」

そういう風に書いてある——と夜のリエラさん。

曰く、このリエラさんとの会話の中で時折彼女が眺めている小さなメモ帳は、一つの身体を共有する二人の交換日記だそうです。朝に何があったのか。夜に何があったのか。

彼女たちは、身体の主導権を手放している間、もう一人の自分が何をしているのかを知ることができないのだといいます。あくまで取り合っているのは身体のみであり、記憶は共有できていないのです。

近いようで遠い彼女たちは、だから直接言葉を交わしたこともなければ、目と目が合ったこともないのです。

だから、二人は互いのために、メモを残しておくのだといいます。

「ちなみに朝のリエラさんは何と書いているんですか」

「朝から昼までいっぱい歩いた。だって」

「他に書くことなかったのでしょうか……」

「ちょっと早いがオレ様も返事を書いておくとするかな」

「何と書くつもりで？」

「きょうは疲れたから早く寝る」

「皮肉ですね」

「伝わることを祈るぜ」

では翌日朝のリエラさんの様子がどうだったのかといえば。

「…………」

朝食の席のリエラさんは、いつもメモ帳を至極真面目あるいは少々むっとして読んでから食事を摂っていましたので、まあ夜の彼女がどういった意図で書き込んだかはおおむね理解はしていたはずです。

「ふむ……」

けれどそんなの関係ないと言わんばかりにメモ帳を畳(たた)んで、普通にご飯を食べて、やはり三時までは馬車に乗ったり延々と歩かされたりしましたね。

「私、歩くのが好きなんです」

うふふ、と朝のリエラさんは笑います。

「そうなんですか……我慢(がまん)とかはしてないですか？」

「全然してませんよ？」

「そうですか……」ちなみに日の出から昼過ぎまでずっと歩き続けているのですけど。「……でもちょっとは疲れてません？」

「いえ全然」

うふふ、とご機嫌のリエラさん。

朝のリエラさんは存外ハートの強いお方であったようです。

「そうなんですか……」

しかしながらリエラさんが入れ替わる午後三時が訪れるとともに「うわああ脚があああああ！」やら「心はこんなに元気なのに体がめっちゃ疲れてる！」と夜のリエラさんが地面をのたうちまわり、

「ううう……相棒……おんぶして……」

としわくちゃのお顔で泣きごとをわめくので多分朝のリエラさんはものすごくやせ我慢してると思います。

ですから翌日ちょっと気になり朝のリエラさんに再び「……ほんとはちょっと我慢してますよね？」と尋ねてみたのですが、しかし朝のリエラさんは頑(がん)として認めませんでした。

「いえ全然我慢してないです」うふふと満面の笑みでした。

「いやでもほんとは――」

「我慢してないです」

「でも――」

「してないです」

「…………」

強情(ごうじょう)……。

朝のリエラさんは気弱で俯(うつむ)きがちな女性だとばかり思い込んでいたのですが、数日間一緒にいて打ち解けるうちに存外、気の強い女性であることを知りました。

「あ、イレイナさん。明日の朝ご飯はトーストがいいです」

あと色々と注文が多い方でした。

「はいはい」

嘆息(たんそく)交じりに彼女に頷きつつ、午前中は朝のリエラさんと行動を共にします。

三時になれば「うああああああああああ！　脚があああああ！」と日に日に大げさになってゆく絶叫とともに夜のリエラさんに入れ替わります。

ころころ地面を転がるリエラさん。

「……わー」

その様子を見下ろす私。

基本的に午後三時の切り替わりのタイミングを私もリエラさんもさほど意識はしておらず、彼女の絶叫は私にとっては午後三時を告げる時報とだいたい同じような感じの扱いになっていました。

時間は絶えず流れ続け。

わざわざ時計など見るまでもなく今日も昼がやってきました。

「ぎゃあああ！」などと未だ地面をみっともなく転がり続ける夜のリエラさん。私は彼女の傍らにしゃがみながら、いつものように微笑みました。

「午後三時ですね。おやつにします？」

「お前それ地面に転がってる相棒に対して言う台詞か？」

そして文句を垂れるリエラさんと二人で軽めの食事を摂ってから、私と彼女はほうきに乗って、旅に戻るのです。

○

「予定が大幅にずれたな」

ほうきで延々と目的地まで真っ直ぐ飛んでいれば、もうとっくにヴォート国跡まで辿り着いているはずでしたが、朝のリエラさんが至極のんびり屋さんであるということが影響し、私たちの旅路は、平原にて五日目の夜を迎えました。

野宿です。

私の横で寝そべり、テントの天井を眺めているリエラさんは、先ほど食べ終えたばかりの夕食の余韻に浸るように、深いため息を漏らしました。

彼女に倣って私も天井を眺めてみましたが、見えるのは何の面白みもないただ布切れで遮られた景色だけ。

それでも夜のリエラさんは満足気な表情を浮かべていました。

「オレ様の旅も終わりか」

既に私たちの旅路はヴォート国跡まであと少しというところまで迫っていました。終わりを察してか、リエラさんはこちらに顔を向けながら、

「今日まで世話になったな、相棒」と相変わらずの距離感の近さを発揮するのでした。

「礼ならまだ早いですよ。旅の最終日は明日です」

「だが明日になれば礼を言う機会がないかもしれん」

「このままのペースで行けばヴォート国跡に着くのは多分夕方です」

機会ならありますよ——と私は言いました。

「……かもしれんな」

薄暗い視界の中で、彼女がほのかに笑った気配がありました。

寝る前の無防備な瞬間は普段覆い隠している本音をさらけ出すには最適で、彼女の物腰はどことなく普段よりも柔らかくなっているように見えました。

故郷に思いを馳せているのでしょうか。

「……ヴォート国って、どんなところなんですか？」

私が知っているのは人里離れた秘境にあることと、大昔に滅んだことのみです。ではどのような国であったのでしょう？

「山奥で、断崖絶壁の先にある、小さな国だった」

ぽつり、と夜のリエラさんは答えます。「ヴォート国の連中は、他国から攻め入られないようにするために、そびえ立つ岩山の上に国を築き上げたんだ。ささやかながらも国は山奥で発展していった。国の連中は、そうやって慎ましく暮らしてきたんだ」

しかし、滅んでしまいました。

リエラさんは、それからも昔話を語ってくれました。

大昔のこと。

「ヴォート国に疫病が流行ったんだ」

恐ろしい病であったと、リエラさんは語ってくれました。

感染すれば目から血を流し、自我を失い、錯乱して誰彼構わず襲い掛かり、そしてまた襲われた者が感染する。

まるで呪いのような病が、国で発症するようになりました。

病の原因は、ある時を境に生えるようになった、美しい薄緑の花であったそうです。見かけは以前から国の中でハーブとして栽培されていた花とまるで同じ。唯一異なるのは、暗がりの中でその花は緑の光を放つことです。

風に煽られ曇り空の下で、蛍のように小さく丸い玉のような光を漏らす花はとても美しく、国の人々はきっと特別なハーブに違いないと思いました。

ほかのハーブと共に刈り取られた特別な緑の花は、その日のうちに国王に献上されました。刈られても尚、緑の光を放つ花に国王はたいそう喜びました。

ハーブは乾燥され、国王のためにお茶として振舞われました。

国王様は大喜びでお茶を飲みました。

翌日。

国王様は亡くなりました。

「恐らく突然変異種だったのだろう。国王が両目から血を流し、地面をのたうち回って苦しみながら死ぬまで、誰一人として薄緑のハーブが毒だとは疑わなかった。ほとんど同じ見かけの植物に古くから慣れ親しんでいたからな」

「……そして国王様から感染が広がったんですか」

リエラさんは頷きます。

「あっという間だったよ。長い時間をかけて築き上げてきた歴史は、あっという間に血にまみれて消えていった」

そして岩山の上にそびえた国には、死体だけが積み重なり。

国が滅んだ真実を誰も知らないまま時間だけが流れていったのでしょう。今やヴォート国は内乱によって滅んだ、とされているようですし。

しかし、

「滅んだ事情をよくご存じなんですね」

出身がヴォート国であるといえど、ここまで詳らかに内情を語れるのですから、恐らくは国が滅ぶその瞬間に立ち会った方なのでしょうけれども。

「そりゃそうだ」当然、と言わんばかりに夜のリエラさん——もとい、呪いの刀さんは、頷きます。

「オレ様が国から持ち出されたのは滅んだ後になってからだからな」

岩山の上にそびえる国がヴォート国跡になって数年が経った頃に、お宝目当てに国跡へと訪れた商人がたまたま手にしたのが、今しがた私とお話をしている呪いの刀さんであったようです。

「それからオレ様は長い間、外の世界を放浪した。一体どれだけの時間を過ごしたかなんて覚えちゃいないが、何人もの使い手がオレ様を手に取り、手放していったな」

「ヴォート国跡にあった時から呪われた刀だったんですか」

「へへへ、まあな」得意気に頷く夜のリエラさん。「自慢じゃないが、一時期は一度手にしたら二度と手放せない滅茶苦茶厄介な呪いの武器として一部の界隈ではぶいぶいいわせてたんだぜ」

「はあ……」

「でもまあ、長い間呪いの刀やってりゃ飽きもくるもんだよ」

「そういうもんですか」

「オレ様もそろそろ田舎に帰ってゆっくり過ごしてやろうかなって気になったのさ」

「歳とってすっかり丸くなったチンピラみたいなこと言いますね」

「まあな」

彼女はそして軽く笑い、私もつられて笑い、それから狭いテントの中、他愛もない話に、花を咲かせました。


翌日朝のリエラさんは少々怪訝な顔でメモ帳を眺めていました。

「何か変なことでも書いてあるんですか？」

「ん？　いえ、変なことを書いているのはいつものことなのですけれど――」

ちなみにここ数日は「今日は疲れたから早く寝る」「今日も疲れたから早く寝る！」「マジ疲れたんだけどー！」「へいへい、これ読んでるー？」などという半ばヤケクソ気味のメモが残されていたそうですが。

最終日である今日は、このような記述がありました。

「今日までありがとう」

たった一言。

それだけ綴られていました。

「こちらこそ」朝のリエラさんはメモ帳に向かって呟きます。

それから私と彼女は簡単に朝食を済ませてから、ヴォート国跡へと向かいました。

これまでの数日間そうであったように、最終日も相変わらず彼女とは徒歩で移動しました。

彼女とはこれまで一緒に歩きながら色々なお話をしてきました。

ヴォート国跡へと続く森の中でも、他愛もない会話はやはり交わされます。

「明日から寂しくなりますね」

「そうですね――」リエラさんは私に頷きます。「なんだか不思議な気分がします。午後三時までは私。そこから夜までは彼女、という生き方が板についていましたから」

「まあ、二年間もそんな生活をしていれば、それが普通になりますよね」

「ええ。慣れてしまいました」

明日からは、また別の日常に慣れなければならないのですね――と彼女は少々残念そうに嘆息を漏らします。

私は、

「すぐに慣れると思いますよ」

なんて無責任なことを言いながら、進む先を見つめました。

岩山の上に、国の跡地。

ヴォート国跡は、すぐそこまで迫っていました。

◯

人里離れた山の奥。

険(けわ)しい森を抜け、岩山を登った先に、ヴォート国跡は確かに慎(つつ)ましく存在していました。

「…………」

国が滅んでから長い間、誰も跡地に訪れていないという話は本当なのでしょう。岩山の上は、見渡す限りが緑に包まれていました。ヴォート国では石を積み上げることで家を形作っていたのでしょうか。しかし家であったものには長い時間をかけて蔦(つた)や苔(こけ)などの緑が覆いかぶさり、大半の家が崩れ、倒れ、朽(く)ちていました。

もはやここがどのような国だったのかを想像することさえできないほど。

繁栄をしていた面影(おもかげ)などどこにもありません。

国の通りには、たくさんの花がありました。薄緑の綺麗な花たちは、ゆるい風に煽られ首を振るようにゆらゆらと揺れ動きます。

人がいないことをいいことに、通りはすべてこの花で埋め尽くされていました。

私は時計を出しました。

「午後三時まであと一分です」

私と同じく時計を眺めていたリエラさんはそのように言いながら、ゆっくりと花園を歩き始めました。

彼女は、刀を鞘ごと地面に突き刺します。

そして夜のリエラさんが、花畑へと現れるのです。

「………」

曇り空の下。

きっとその光景は、彼女にとってはあまりよくないものだったはずです。

通りを埋め尽くす薄緑の花たちは、緑色の光を放っていました。国の通りを支配していました。

蛍のような小さな丸い光が私と彼女の間で揺れています。

堂々と咲いているこの花たちこそが国を滅ぼした元凶であることに目を瞑るならば、見かけだけならばそれは美しく、幻想的な光景といえました。

美しい毒に溢れた景色の中で、私はリエラさんを見つめます。

午後三時になりました。

「着きましたよ」

私に声を掛けられて、彼女は振り向きました。

「みたいだな」

光の粒に囲まれながら、彼女は少し眩しそうに、あるいは無理やり起こされたかのように目を細めていました。

いつもとやや雰囲気の異なる夜のリエラさんは、それから「これまで世話になったな」と軽く会釈(えしゃく)をします。

　私は首を振りました。

「いえいえ」私はべつにお金さえもらえれば何でもいいですし——と謙遜(けんそん)しつつ、尋ねます。「しかし見たところ、呪いが解けていないようですね？　どうやったらリエラさんは元に戻れるんです？」

　ヴォート国跡に帰れば呪いは解ける、という話でしたよね？　と私は首をかしげます。

「………………」

　はたして私の声は届いているのでしょうか。返ってきたのは沈黙(ちんもく)のみです。どうやら彼女は目の前で地面に突き刺さっている刀に興味が向いているようです。

「リエラさん？」

　再び尋ねます。

「………………」

　やがてようやく彼女はこちらを見てくれました。

　しかしその手には刀が握られています。

「……？」

　一体なぜ？

　と私は思いましたし、矢継ぎ早に尋ねようともしました。けれど、私がまばたきをしたその瞬間に、彼女の姿は、花畑から消えました。

　彼女がいた場所には小さな光の粒が空に向かって伸びているだけ。

そして。

光の粒一つひとつが花びらだと気づいたときに、そして光を追って顔を上げたときに、私は自らが置かれている状況を理解しました。

　空からリエラさんが、私めがけて降ってきたのです。

「――悪いな」

　感情のない声で彼女はそう呟き、刀を振り下ろしました。美しく弧を描く一閃でした。彼女が地に落ちる直前に身を翻して避けながらも、刀を振るう彼女に私は釘付けになっていました。

　私を捉えきれなかった一撃は、そのまま幾つもの花びらを切り落としました。

　また光の粒が舞い上がります。

「……何をしているんですか」

　杖を出しながら、私は彼女に尋ねました。

「さすが相棒。避けたか」

　刀の切れ味を確認するように振るい、尚も花を切り落としながら、リエラさんは私を見つめます。ようやく彼女と言葉が交わせた気がしました。

「悪いな相棒。ひとつ隠していたことがある」

　いつものやかましい彼女は目の前にはいませんでした。いつも楽しくおしゃべりをしていたせいで感覚が鈍っていましたが、彼女は人間ではないのです。

　人でもなく、物でもなく、彼女は呪いの刀。

「こんな場所に来たくらいじゃ、オレ様の呪いは解けない」

生まれ故郷に帰ったところで、午後になれば呪いの刀はリエラさんの身体を乗っ取るのです。

そもそも。

呪われた武器から解放されるための手順として、呪いの武器が出現した場所まで戻ることは果たして正しいことなのでしょうか。

いえいえ。

もっと単純な方法があるはずです。

本当のことを言うなれば、彼女が呪いの武器であると知ったその瞬間から、私も感づいていたことではありました。

端的に言うなれば、それはつまり。

呪いの刀の彼女は、言いました。

「オレ様の呪いを解くためには、オレ様を折る必要がある」

○

「ちょっ――」

待ってください。何言ってるんですか？　少しお話をしましょうよ。

などと私が声を掛けるよりも早く、彼女は距離を詰め、私に刀を振り下ろしていました。地面を蹴って避ければ、それを追いかけるように横に振るい、花びらが切り落とされます。

間一髪のところで何度も避けながら、私は牽制として魔力の塊を彼女に放ちます――せめて体勢を崩してくれればいいのですけれど。

「ふん」

彼女は迫りくる魔力の塊を事も無げに一刀両断しました。彼女の後方で花びらが魔力とぶつかり光が弾けます。

「ええ……」

切れるんだ……。

当惑する私にリエラさんは、

「さあ折れ。オレ様をへし折れ。でないとお前が死ぬことになるぞ」

と笑いました。笑いながら言うことじゃないと思うんですけど。しかし私がそのような言葉を投げかけたところで、やはり彼女は私に向かって刀を振るうのです。

何度も何度も、それから彼女は私に刃を向けました。

その度に私は避けて、時折魔法で牽制をしました。

けれどその度に刀で切り伏せられました。

「ちょっとお話しませんか……？」

避けつつ私はご提案。いきなり切りかからなくてもよくありません？

「何だ？　オレ様を折ってくれるのか？」

「折ったらどうなります？」

「壊れればもう呪いもなくなるだろう。もう二度とこの小娘の夜が奪われることはなくなるわけだ」

「でもあなたの存在は消えてしまうんですよね？」

「まあそういうことになるな」

「じゃ嫌です。殺しはリエラさんの依頼に含まれてませんので」

「だろうな」

笑い、彼女は刀を構え、そして再び私に振るいました。「だからこそ、こうする必要がある。非力なこの小娘の身体じゃ、オレ様を折ることはできないからな――」

迫る彼女を避けながら、私は風魔法を放ちます。突風が花畑に吹き、千切れ乱れ飛ぶ花びらたちが緑の光とともにリエラさんに襲い掛かります。

けれど彼女は難なくそれを避けて、再び私との距離を詰めるのでした。

何度も同じようなことの繰り返し。

彼女は刀で私に切りかかり、私は魔法を放ち、彼女は避ける。何度も何度も繰り返し。

「国王が目から血を流して死んだ瞬間に、オレ様たちの国は終わった」

埒（らち）の明かない争いの中で、やがて彼女は退屈したのか、お口が寂しいのか、生粋（きっすい）のお喋（しゃべ）り好きなのか、切りかかりつつも私に語り掛けるのでした。

それはこの国が滅びへと向かったときの、物語。

「国王の次に死んだのは、治療にあたっていた医者だった。その次は医者の家族の友人、知人。気が付いた頃には病は国中に広まっていった」

当時の国はまさしく地獄のようだったと、彼女は言いました。相も変わらず私を切りつけながら。

「ある人は目から血を流し、助けを求めながら、隣人を殴打した。ある人は自ら首を締めあげながら血を流した。ある人は自らの身体を燃やしながら血の涙を流した。病に罹り、錯乱状態に陥った国の人々は、そうやって自らと他人を苦しめながら命を絶ち続けた」

「……どうしてですか」

「対処法もなく罹ればすぐに苦しみながら命を落とすような病に罹ってまともでいられる奴のほうが少ないだろうよ」

「…………」

「だがパニックに陥った国の中でもまだ平静さを保てている人間が一人いた」彼女は刀を振るい、そして言います。「それがオレ様の持ち主だった」

曰く。

夜のリエラさんの元々の持ち主――国王の護衛をしていた剣士は、阿鼻叫喚の国の中でかろうじて未だ自我を保つことができていました。

同時に彼は、もはや誰も助かることはできないことを、悟っていました。

ならばと彼は刀を抜きました。

せめて苦しむ時間が短くなるようにと、国の人々を殺めて回りました。一人、また一人と、血を流す者を切りつけていきました。

彼の手によって命が絶たれていきました。

「どうして……？」「この人殺し！」「よくも俺の妻を！　殺してやる！」「どうしてこんなひどいことをするの？」

彼の手によって命が絶たれていきました。

苦しみの中にいる国の民たちは、一人ひとり、丁寧に剣士が殺めていきました。

誰一人として感謝の意を唱える者はいませんでした。ただでは殺されまいと彼に刃を向ける者もいました。力の限り抵抗する者もいました。

「呪ってやる」

何度も何度も、剣士はその言葉を耳にしました。剣士はそれでも最後の一人になるまで、殺しきりました。

やがて、民がすべて息絶えたのち。

剣士は、自らをも殺そうとしました。

そのときになって、ようやく気付きました。

「剣士の身体は、とっくに死んでいた」

見下ろせば幾つもの槍や剣が彼の身体には突き刺さっていました。とうの昔に血の流れは止まっており、紛れもなく、身体は息絶えていました。

ではなぜ身体が動くのでしょうか。

剣士の身体を無理やり動かしていたものの正体。

「それがオレ様だったわけだ」

呪いの刀は――夜のリエラさんは、そうして生まれたのだといいます。

「…………」

気づけば、彼女の攻撃は止まっていました。緑の光の粒たちの中で、彼女は息を荒らげながら、空を見上げます。

相も変わらず曇り空。

見上げる彼女の表情は、空模様と並ぶほどに陰っていました。

「それからオレ様はこの国を偶然訪れた商人に拾われ、国を出て行った。オレ様は呪われていた。国を出てから、数十年の記憶はない」

かろうじて覚えているのは、目に映るものすべて殺さねばならないという使命感に呪われていたこと。持ち主を転々としていたこと。

いつの日も血にまみれていたこと。

国を替えても、持ち主を替えても、ずっと血の雨の中で生きてきたこと。

「オレ様が正気を取り戻したのは二年前。丁度、小娘と一緒になった頃のことだった。その頃にはもう拭いきれないほどの血がオレ様の手にはついていたよ」

「…………」

「だからオレ様は、すぐに死ぬことにした。死んでこの世から存在を抹消することにした」

「…………」

「死んで、今まで殺してきた者たちに詫びるんだよ――」

だからオレ様を殺してくれ、と夜のリエラさんは、刀を私に差し出します。

魔法でも何でも使ってへし折れというのでしょう。

「いやです」

「…………」刀の向こうで夜のリエラさんの目が虚ろになっていきます。「何度話せば分かるんだ相棒。また刃を交えるか？」

何度でも何度でも同じことを繰り返すか？

と夜のリエラさんは半ば苛立ち気味に答えました。

けれど、いえいえ。私はべつにそういったことを言いたいわけではないのです。

「その刀をへし折ったところであなたが死ぬことはないから嫌だと私は言っているんですよ」嘆息交じりに、私は言います。

差し出された刀を見つめました。

きっと曇り空の下で、まともに見てはいなかったのでしょう。

「その刀のどこが呪われた刀なんです？」

「――は？」

差し出された刀は、見れば見るほど真新しい安物の刀。その辺の商人が売っていそうななまくらに見えました。

はて一体どういうことでしょう？

私は改めて夜のリエラさんを見つめます。

とても不思議な雰囲気を纏った女性でした。

歳の頃はおそらく二十歳そこそこといったところでしょう。美しい桃色の髪は頭の後ろで一つに束ねられ、風にそよいでいました。瞳は青く、真冬の空のように澄んでいます。身に纏うのは赤のローブ。

それはまさしくリエラさんの姿そのもの。

けれどどことなく顔立ちはリエラさんとは異なっていました。

たとえば髪は本物のリエラさんよりも少し伸びていますし、色は桃色であるもののどことなく赤みを帯びています。歳の頃も、少しだけ、ほんの少し、私が知る本物のリエラさんよりも歳を重ねているように見えました。

ちょうど並んで立ってみれば、姉妹と見まがうほどに。

姿かたちは似ていても、どことなく異なる人と物。

その関係は、まるで私とほうきさんのようにも、見えました。

「こんにちは」

ふわふわとした雰囲気の女性が夜のリエラさんの前に立ちます。

彼女の名はリエラさん。

私が便宜上、朝のリエラさんと呼んでいた女性です。

「初めましてですね」

彼女は柔らかく微笑みます。

私は自らの時計を――正確な時間を示す時計を、見やりました。

午後二時三十分。

午後三時まで、あと三十分。

○

「恐らくヴォート国跡に着いたあと、彼女は自らを折るようにあなたに頼むと思います」

リエラさんとの旅の中で。

早朝、二人で並んで歩いている最中に、彼女は私に言いました。「呪いの刀の彼女は、きっと自分自身を消し去りたくて仕方がないのです」

国を出た直後に朝のリエラさんが語ったのは、二年前のこと。

初めてリエラさんの夜が奪われた頃の話です。

『オレ様がお前の夜を奪った者。呪いの刀だ』

午後の記憶が抜け落ちる不思議な症状が数日に渡り繰り広げられた頃、いよいよ自分自身の頭がおかしくなったのかと悩み始めた頃の朝。枕元(まくらもと)にリエラさんに向けた言葉が綴られていました。

『お前の夜はオレ様が盗んだ。オレ様からお前の夜を取り戻すためには、オレ様の故郷に戻らなければならない。協力しろ』

夜のリエラさんがかろうじて分かっているのは、彼女が生まれた故郷はヴォート国と呼ばれていた場所である、ということだけ。その国がどこにあるのかも、滅んでから何年経ったのかも、彼女には分かりません。

「とにかく私たちは国を出ていくことにしました」

闇雲に彼女たち二人は国々を渡って、ヴォート国がどこにあるのかを探しました。呪いの刀はお昼過ぎだけ彼女の身体を乗っ取り、彼女自身は午前中だけ、人々に聞いて回りました。

リエラさんは不思議な感覚であったといいます。

「身体を盗まれたはずなのに、私にはどうしてもそのように感じることができませんでした。私、本当は昔から引っ込み思案で、なかなか自分の言いたいことも言えないような女だったんです。二年前までは、職場でも、家族にも、あまりいい扱いはされてこなかったのです」

周りからは疎まれているわけではありませんでした。けれど自分の意思をあまり周りに伝えることのないリエラさんは、周りの大人たちにいいように扱われることが多かったのだと言います。

嫌な仕事を押し付けられ。

できなければ嫌味を言われ。

仕事ができても当たり前だと思われる。

そんな不憫な境遇に身を置いていたのが、当時のリエラさんだったといいます。

ところが。

彼女が初めて呪いの刀に身体を盗まれた頃。

夜の記憶が抜け落ちていることに気が付いた頃。周りからの彼女に対する態度が変わっていることに気が付きました。

お前みたいな役立たずはとっとと仕事をやめてしまえ、と罵(ののし)っていた上司は、リエラさんにぺこぺこと頭を下げるようになっていました。酒に飲まれ暴力に頼っていた父は、気が付けば家から追い出されていました。

彼女をとりまく悪い環境は、呪いの刀を手にした頃から、なくなっていたのです。

誰が取り除いたのかは明白でした。

『お前の周りクソみたいな奴しかいないんだけど』

メモ帳にそのような苦言(くげん)が綴られていましたので。

後になって周りの人々から聞いた話です。

リエラさんに嫌がらせのように仕事を押し付けていた上司は、リエラさん自身の手によって叩き潰されたそうです。しかし彼女自身には記憶はありません。

お酒に溺(おぼ)れていたリエラさんの父は夜にリエラさん自身の手によって家を追い出されたそうです。

しかしもちろん彼女にはそんな記憶はありません。

呪いの刀に宿ったもう一つの人格は、そうしてリエラさん本来の性格とはかけ離れた方法で、障害をあっさり排除してしまったのです。

国に留まればきっと朝と夜でまるで性格の違う女として注目を集めてしまうことでしょう。もしかしたら夜のリエラさんが必要以上に暴れてしまう可能性すらありました。

結局、リエラさんは国を出ていくことにしました。

ヴォート国跡まで行かない限りは、彼女の夜は永遠に戻ってくることはないのです。

だから彼女は、特定の知り合いを作らないように、呪いの刀の故郷を目指して旅に出たのです。

「でも、本音を言うと、私は呪いの刀に消えて欲しくないんです」

たとえ自分の夜がなくなったとしても、呪いの刀と共にする時間はとてもとても、彼女にとっては有意義なのです。

「だから一度、彼女とはお話ししないといけないんです――」

と、リエラさんは言いました。

初めて会った日のことを私は思い出していました。

国の中で、助け合いの輪などという掲示板に釣られて私が出向いた先に、夜のリエラさんはいました。私は確かに報酬がよかったから彼女の依頼を受けることに決めたのですけれども。

決め手はもう一つあったのです。

きっとこれは、私にしかできないことだと、感じていました。

彼女の依頼の条件には、このように書いてあったのです。

『物を人間に変える魔法を使える方を探しています』

自らとよく似た姿かたちをした夜のリエラさんの手をとり、朝のリエラさんは笑いました。

「初めましてですね」

ようやくお会いできましたね――と。

リエラさんは時計の時間を一時間だけ早くしていました。実際には今は午後二時三十分。まだまだ交代の時間ではないのです。

「呪いの刀のあなたが自ら消えようとしていることも、折られようとしていることも分かっていました」

朝のリエラさんはこの場に辿り着く前に決めていたことが一つありました。

「もしも呪いを解く方法があなたを折ることならば、私は止めたいと思っていました。もしも呪いの刀のあなたが私のために消えようとしているならば、それも止めたいと思っています」

どちらにせよ。

朝のリエラさんは、お話をする必要があったのです。

だから、ここに至るまでの旅路の途中で、私は朝のリエラさんに対して魔法を教えていたのです。物を人間に変える魔法を。

そのせいで少々時間もかかってしまいましたが、まあこうして顔を合わせることができたのですから、よしとしましょう。

「オレ様の死に場所はここなんだよ。分かるか小娘」

「分かりません」

「オレ様はここで死ななければならない」

「私はあなたにまだ死んで欲しくはありません」朝のリエラさんは少しばかり口調を強め、「どうして死ななければならないんですか？　多くの人を傷つけてきたからですか？」

「…………」

「ならばそれはこれから二人で謝って回りましょう。ここで死なないでください」

「…………」

「死んで逃げないでください」

「いやお前に何の関係が——」

「もうとっくに私はあなたの一部です。あなたも私の一部です。だから謝るなら一緒に行きます」

「…………」

「それに私、こう見えてもあなたと時間を分け合う日々、気に入ってるんですよ」

恨まれて呪われて生まれて来た夜のリエラさんは、自身が死ななければならないと自らを呪い続けて、生きてきたのでしょう。

すべての人にそう望まれたわけでもないのに。

「私と一緒に生きましょう」

朝のリエラさんは、言いました。

きっとそれは彼女がずっと伝えたかった言葉なのでしょう。

文字の上などではなく、直接、会ってお話をしたかったことなのでしょう。

物を人の姿に変える魔法を教えている最中にも、リエラさんは何度となく私に語ってくれました。

「──彼女に伝えたいことは沢山あるのに、私たちはまだ出会ったことなど一度もないんです」

もしかしたらリエラさんの人生を変えてしまったことに責任を感じているのかもしれません。

自ら命を絶つことで責任を負うことができると思い込んでいるのかもしれません。

けれど朝のリエラさんはそのようなことなど一切望んではいないのです。

私は夜のリエラさんに、語ります。

それは私から魔法を教わる最中にいつものように語っていたことでした。

「リエラさん、ずっとあなたと一緒に二人で歩いてみたかったそうですよ」

歩くのが好きな彼女ですから。

きっと好きな方と二人並んで歩きたかったのでしょう。

「そんなこと初めて聞いたぞ」

夜のリエラさんは、自分とよく似た彼女に笑いかけます。

朝のリエラさんも遅れて笑います。

そして彼女は、夜のリエラさんに手を差し伸べながら、言うのです。

「だって今日、初めて会ったじゃないですか」

第五章　灰の魔女のお悩み相談所

【とある旅人の供述】

生きとし生けるすべての人々は悩みを抱えて生きています。

悩みとは、人の身体の一部でもあるのです。

そこのあなた。誰かに悩みを打ち明けたとき、こんな心無い一言を浴びせられたことはありませんか？

「それなら俺のほうが苦労してる」「そのくらいのことで悩むなんて」「みんな頑張ってるのに」などなど。

ええ、悩みを聞いてほしいだけだというのに何と察しが悪いことでしょうか。

自分のほうが努力している、自分のほうが苦労している、そんな見下げ果てた腐った性根の持ち主は、いつだって自分が誰よりも上に立っていると思いたいが故に、他者の悩みに耳をかたむけはするものの頷くこともなければ同情することはなく、いつだってくだらない説教を始めてしまうものなのです。

あちらのほうが苦労していようが努力していようが何だろうが悩み相談しているのはこちらだと

いうのに聞く耳を持つことがないのです。

ああ、なんと愚かなのでしょう。

しかし大丈夫です。

他の誰があなたの悩みを聞かなくとも、神はあなたのお話に耳を傾け、あなたの悩みと真摯に向き合い、その解決策を共に考えてくれます。

……ん？　何です？

神なんてそうそう近くにいるわけがないじゃないか、ですって？

いえいえ、そんなことはございません。神はいつでもあなたのそばにいます。ただほんの少し恥ずかしがり屋さんなので姿を現すことがないのです。

ところで話は変わりますが、私にはその神の姿が見えているのです。私はちょっと特殊な修行をしていまして、要するに神と対話をすることができるんですよ。

ですから私が神の言葉を代弁して、あなたにありがたきアドバイスをして差し上げましょう。

そうして世界を平和にするために旅をしているのがこの私、灰の魔女イレイナです。

生きとし生けるすべての人々に幸せがあらんことを。

さあ、あなたの悩みを打ち明けてください。

……ん？　料金ですか？

十分の相談で銀貨一枚です。

え？　高い？

なるほど。

じゃあ相談料が高いということが悩みという相談でいいですか？

……冗談です。とりあえず座ってください。お話、聞きますよ。


【売り物の奴隷（どれい）がまったく言うことを聞いてくれなくて困っています】


「私は奴隷商人をしておりまして、そこそこ稼（かせ）いでおるのですが、ここ最近、ちょっと困った事態に直面しているんです。売り物の女の子の中で、まったく言うことを聞かない娘がいるのですよ」

道端（みちばた）で怪（あや）しい商売を始めて数十分後。

最初のお客さんとして現れた怪し気な風貌（ふうぼう）の青年は、いきなりとんでもない悩みを打ち明けてきました。奴隷商人て。

「結構グレーなお仕事をされているのですね。大丈夫なんですか？　いろいろと」

そもそも大通りの片隅（かたすみ）で堂々（どうどう）とお悩み相談などしていてよいのでしょうか。

「その点は問題ないですよ。奴隷商人も立派（りっぱ）なお仕事ですからね。まあ奴隷商人を始めるにあたって恋人とは別れることになりましたがね。恋人がいるのに女の子を売り物にできませんから」

……まあ、この国で奴隷商人とやらがそういう扱（あつか）いを受けているというのなら、まあいいでしょう。深くは突っ込みません。

ですので私は、

「……言うことを聞かないとはどういった具合にですか？」

と尋ねました。

「ざっくり言うとまったく奴隷らしくありません」

「というと」

「話せば長くなるんですがね――おっと、まずはその前に奴隷というものが何たるかを説明しなければならないですね」

彼は滔々と、近頃の奴隷市場に関して語りました。

知りたくもない話ですが悩みを訊くと触れ回った手前、後戻りはできませんので右から左へと受け流してさらりと聞き流すに至りました。

曰く、奴隷と聞くとひとえに可哀想な若い子が炊事、洗濯、掃除などを含む身の回りの世話のために汚い大人から汚い大人へと渡るのが通例であるように思われがちですが、最近はそういった購入者はめっきり減り、むしろ若い男性が買うパターンが増えているとのことです。

「性欲と金を持て余してるくせに女の子に耐性がない男はこぞって奴隷を買います。近頃独身男性の間で奴隷業界が熱いんです」

「はあ」

「考えてもみてください。金を払うだけで可哀想な女の子を汚い大人たちの手から救ってあげられるんですよ？　しかも女の子は救いの手を差し伸べてくれた独身男性に陶酔しきってくれるおかげで反抗することもなければ裏切ることもありません。最初から好感度が振り切ってるんです。最高ですよね。恋愛なんかする必要ないんですよ。奴隷買っちゃえば解決するんです」

「はあ」

私がドン引きしていることに気付いてほしいものですが、彼の饒舌すぎる口は止まりません。

「ま、それで最近は奴隷商人として奴隷たちに、買われたご主人様が何をしても、どんなにくだらないことをしても『さすがですご主人様！』って褒めるように調教してるんですけれどね、まったく言うことを聞かない子がいるんですよ」

「反抗的ということですか」

「そうなんです！　何を言っても『くっ……殺せ！　私は貴様のような下賤な男には屈したりはしない！』とばかり返してくるんです」

「それ奴隷じゃないです多分」

「どうすればいいですか」

「どうと言われましても」

しかし神の言葉を仲介するのがこの私（という設定）のため、無下に追い返すわけにもいきません。ここはひとまずそれらしい言葉の一つでも返してお帰り願うのが一番のような気がしてきました。

ですので私は咳払いを一つ。

「えー……、神はこう仰っています。『奴隷の気持ちになって物事を考えられるようになればきっとうまくいくことでしょう』と」

果たしてその言葉の意味するところが一体何なのかと尋ねられても私には分かりません。すべては神の意思によるものなのですから。

……というか実際何も考えずテキトーに答えただけですから。

「奴隷の気持ちに……？　そうか！　なるほど！　分かりました！　ありがとうございます！」

一体何がどう分かったのかを私が聞きたいところでした。

【潜入捜査がばれた気がする】

「私はこの国の公的機関で働いているのだが――いや、実はな、ここだけの話、近頃の奴隷市場に不穏な動きがあるらしいのだ」

翌日も怪しげなお仕事を営業していましたが、やはり怪しげなお店には怪しげな人しか来ることはないのか、私と対面して座ったのはみすぼらしい格好をしていながらも、妙に強気な口調の女性でした。

「不穏な動き、ですか……、それはいったいどのようなもので？」

私の言葉に女性は頷きました。

「うむ。どうやら近頃は自ら奴隷になることを志願する女の子が増えてきているようでな、奴隷市場に出回っている奴隷の大半は自ら奴隷となった子らしいのだ。これはどうにも理解しがたい事実であるからな、私が調べていたのだよ」

「なるほど」

「ちなみに現在、十代女の子のなりたい職業ランキング一位は奴隷だ」

「この国腐敗してますねえ……」

「ちなみに男の子のなりたい職業ランキングは奴隷商人だ」

「まんべんなく腐敗してますねえ……」

「そうなのだよ」女性は嘆息しながら頷きました。「潜入調査によって明らかになったのだが、奴隷を志願していた女の子たちは『奴隷になっておけばとりあえず金持ちの男が買ってくれて、そのうえろくに手出しもしてこないからマジちょろい』と語っていた。どうやら今の奴隷市場は女性たちの婚活の場として利用されているらしい」

「ははぁつくづく腐ってますねえ……」

「まあ、そういうわけで私も潜入捜査を行って色々と調べていたのだが、……困ったことに、どうやら私が国の手の者であることがばれたらしいのだ」

「……それはいったいどうしてですか？」

彼女はううむ、と唸りながら答えました。

このように。

「昨日、いつものように私が奴隷として檻の中でぼんやりとしていたらだな、奴隷商人が突然、『そこには今から俺が入る。お前は俺を虐げろ』などと言ってきて、追い出したのだ」

「……………」

「男は妙なことを言っていたな。『俺はお前を理解するために奴隷にならなければならん』とかなんとか。一体何がしたいのかよく分からなかったのだが……、昨日から男が奴隷となり、私が商人となってしまった」

「……………」

昨日の奴隷商人ですねそれ。

しかし事情の一端を知らない彼女にとって、彼のその言動は不可解そのものであったのでしょう。まあそもそも事情を知っている私でさえ意味わからないくらいなのですけれども。

ともあれ彼女は首をひねり、

「一体どうして私が国の者だとばれたのだ……？　私の態度がいけなかったのか……？」

とぼやきます。

まあこのような事態に陥ったのはまさしくあなたの態度が原因であったと思いますけれど。

「しかしあなたが国の手の者であるとばれたわけではないのでは？　もしかしたら男性は奴隷になりたかっただけかもしれませんよ？」

とりあえずテキトーに答えておく私でした。

「いや。それはないな。男はそれから『さあ俺を縛れ。鞭で叩け。調教してくれ』などと言いながら、私にありとあらゆる拷問をさせてきたのだ」

「…………」うわあ。

「くっ……、私は拷問をするために奴隷として潜入したわけではない！　なぜ私が鞭を持たなければならんのだ！　むしろ叩いてほしい激しめに」

「目的変わっていませんか……？」潜入調査とやらはどこに行ったんですか？

「そもそも疑問なのだ。奴隷商人は奴隷を扱う仕事をしていながら、いつも奴隷たちを丁重に扱っていたのだよ。調教らしい調教といえば、無理やりさすがですご主人様と言わされることだけだ。私はそれに抗うことでかろうじて奴隷らしい立ち位置を確立しようとしたのだがな……、駄目だった。奴隷商人は私が抗う度に悲しい顔をするばかりだったのだ……違う、私が見たいのはそんな顔じゃない……、もっと下賤な男の汚い表情が見たいだけなのに……」

「目的変わってますよね……？」あなた何しに潜入したんですか？

「ともかく男はどうやら私の正体を見破ってあのような仕打ちをしてきたのだろう……、まったく困ったものだ……。私はどうやら男からの嫌がらせに遭っているらしい」

「いや気のせいだと思いますけど……」

「どうすればいいのだ？　神よ。私を導いてくれ！」

あなたが導かれるべきは地獄ではないでしょうか。とも言えませんので、私はひとまず「そうですねえ……」と悩む素振りを見せてから、言葉を切り出します。

「……神はこう仰っています。『汝、今をエンジョイせよ』と」

「えんじょい……だと？　どういうことだ？」

どうと言われましてもテキトーに語っただけなので困りものですけれど。

「まあその……アレです。男は決してあなたの正体に気付いたわけでもなければ、あなたに嫌がらせをするために調教させているのでもないということです。男にはそういう趣味嗜好があるのです」

「なん……だと……？」

「奴隷商人は生粋のマゾヒストです。もっと虐げればきっと悦んでくれることでしょう」

「それは……つまり私がもっとサディスト的な女になれば、ご褒美として私を虐げてくれるという認識でいいのか？」

「あ、はい。そうなんじゃないですか」知りませんけど。

というか最早潜入調査のことなんてどうでもいいですよねこの人。

「分かった。では仕方があるまい。これも仕事だ。私はやりきってみせる！　ありがとう！」

彼女は希望に満ちた顔色で、そうして私の目の前から立ち去ってしまいました。

……なぜでしょうか。すっきりした表情の彼女に反して私の心境はまるで釈然としませんでした。


【元カレが怪しい女と付き合っている気がする】

「昔別れた彼氏とよりを戻したくて、私は奴隷市場に出向いたの。でもね、そこにはもう昔の彼の姿はなかったの……私、それがとても悲しくて、悔しくて……」

最早お悩み相談などというお仕事をとっとと切り上げてしまいたい気分でしたが、その日も相も変わらず変なお客さんは私の目の前に座ってしまいました。

「あ、はあ……」

私は曖昧に頷きました。しかし女性は私の態度など意にも介していないようで、

「あのね、私の彼って、昔はとってもいい人だったの。でも、今は奴隷商人なんていう酷いお仕事をするようになって……、それから彼は変わってしまったわ……もう昔の彼はいないのね……」

「どのように変わったのでしょうか」

あーどうせ一昨日来た奴隷商人さんの元彼女さんなんだろうなーと思いました。

「……マゾになったの。昨日、彼に会いに行ったら、変な女に鞭で叩かれてたの……」

ほらやっぱり。

この国における世間の狭(せま)さに眩暈(めまい)すら覚えます。

「しかし目撃しただけなのでしょう？　嫌がっていませんでしたか？　もしかするとどこぞの悪い誰かにそそのかされて無理やりやらされているだけなのかもしれませんよ？」まあその悪い誰かというのは私のことなのですが。

しかし、男性が奴隷の気持ちを知るためにそのような行いをしているのであれば恐らくは嫌がっているはずです。

と思ったのですけれど。

「そんなことないわ！　とっても嬉(うれ)しそうだったわよ！」

あーエンジョイしちゃってましたかー。

「ま、まあ……それは、ほら。アレです。表面上はそう見えるだけで実は心は荒(すさ)み切っているに違いありません。彼は間違いなく傷ついています」

「そんな風には見えなかったけど……」

「じゃあどうしようもないので諦(あきら)めてください」

「そんな！　私はどうしても彼とよりを戻したいの！　手伝ってよ神様！」

「神は死にました。もういません」

「そこをなんとか！」それでも彼女は食い下がりました。一体なぜでしょうか。「今、奴隷業界が熱いのよ！　彼ってばきっと今頃奴隷を売りまくって私腹(しふく)を肥(こ)やしているに違いないわ！　玉(たま)の輿(こし)のチャンスなの！　お願い！　手伝って！」なるほど金の奴隷でしたか。

「…………」

もはや呆(あき)れすぎて「神が死んだので店じまいです」などとのたまって逃げ出したい気分満載でしたが、それでもお仕事なので私は平静に努めます。

私の中の神はこのように囁(ささや)きました。

「神はこう仰っています。——奴隷ブームはもうじき去ることでしょう。何も心配することはありません。あなたは今のあなたのままでいいのです」

「今の私の……まま……？」

「ええ。彼を心配するあなたのその心こそが、彼を暗闇(くらやみ)から救い出す唯一の光となり得るのです。

傷ついた男性を優しく包み込む母性こそが、この腐ったご時世には必要なのです。汝、母のように男を愛しなさい——と神は言っています」

「……要するにどういうことよ？」

ご理解いただけませんでしたか。

「それは私にも分かりません」

むしろ私が聞きたいところですが、生憎ながら私の中の神はとっくの昔に死んでいましたのでよく分かりませんでした。

【新しい商売を思いついた】

もはや悩み相談でも何でもないじゃないですかふざけるな。

と言いたいところでしたし、もはやすぐにでもお帰り願いたいところだったのですが、しかし訪れた客というのが見知った顔であったために、私は彼を目の前に座らせるに至りました。

「やあ久しぶりですね。神様」

「私は神ではありません。神の声が聞こえるだけの代弁者にすぎません」

「ふっ……そうでしたね……」

奴隷商人の彼は、この前私のもとへ訪れた時よりも随分とすっきりとしているように見えました。

「何かあったんですか」人伝に色々とお話は伺っていますが。

「ええ。……昨日の話です。私が奴隷の女の子に詰られている最中に、元カノが乱入してきましてね……、『もうやめて！　彼をいじめないで！』って、奴隷を止めたんです」

「ほう。それで」まあ正確には奴隷ではなく奴隷に扮した国の者なのですけど。

「奴隷はそのとき逃げてしまったのですけど、元カノはこんな惨めな私を慰めてくれましてね……。私を抱きしめながら、こう言ってくれたんです。『よしよし。よく頑張ったね。偉い偉い』って」

「あ、はい」

「不覚にもときめきました」

「あなた結構ちょろいですね」

「とにもかくにも私はそんなときに新しいビジネスを思いついたんですよ」

「女の子に抱きしめられながら思いつくビジネスなんてろくなものじゃない気がするのですけど」

しかし彼は私を無視して話を進行します。

「私が新しく思いついたビジネス！　その名も！　可愛い女の子に滅茶苦茶甘やかされる屋さん！　どうです？　流行りそうな感じするでしょ？」

「……すみません全然商売内容が見えてこないんですけど」

「まあざっくり言うと、売れ残っている奴隷たちを使って、疲れた大人の男性たちを甘やかさせるというお店です。やっぱり殺伐とした世の中で戦う大人たちには、甘やかしてくれる若い女の子の力が必要不可欠だと思うんですよ」

「要するにいかがわしい店ということでいいですか」

「違います。あくまで慈善団体です」

「…………」

まあ彼が慈善団体だというのならばそうなのでしょう……そういうことにしておきましょう……。

私はもう疲れました……。

むしろ私を甘やかしてくれる人がいないものでしょうか。

「ま、そういうわけで私は新しいビジネスで天下を獲ると神に誓いに来たというわけですよ！　ご清聴ありがとうございました！」

「はあ……どうも……」

そうして彼は軽い足取りで私の店から離れて行ってしまいました。

どうかもう二度と彼とは会いませんようにと私はせいぜい神に祈りを捧げるばかりでした。

◯

数か月の月日が経った頃に、私は人伝にその国の話を聞きました。

なんでも、その国の大人たちがこぞって女の子に甘やかされるだけのお店に群がるようになってしまったのだそうな。

噂ではその国の女の子たちのなりたい職業ランキング一位はお母さん。男の子のなりたい職業ランキング一位は会社員（ただし精神と靴底をすり減らしている）となったそうです。

以前に比べれば大分健全な風に見えますがその裏にはただ若い子に甘やかされたいという草食系を通り越して最早断食すらしている男子たちの涙ぐましい不健全な実態が見え隠れしているので笑うに笑えませんね。

つくづく腐ってます。

しかし腐っているとはいえど需要はあるので、国側としては見て見ぬふりを決めたようで――いえ、もしかすると臭いものに蓋をしただけかもしれませんけれど――ともかく、そういったグレーな事情のうえで、女の子に甘やかしてもらうだけのお仕事は成り立つようになったそうです。

まあ腐っても発酵してれば食べられますしね？

そんな感じに彼らも生き残ったのでしょう。なんだか色々と釈然としませんが、当事者たちがそのように割り切っているのならば部外者がとやかく言うのは野暮というものでしょう。

「はぁー……。疲れました……」

とまあ。

そんな感じに。

腐りながらも私は旅を続けるのでしたとさ。

第六章 移動式宿屋ルノワ

「緑が生い茂る平原に大きな足跡がついていることがある。人の身体が丸ごと収まるほどに大きなその足跡は、移動式宿屋のものだ」

とある国を訪れた折に行商人さんから仕入れたお話の一つに、とても興味深いものがありました。

移動式宿屋。

「それは決まった場所に現れることは決してなく、この辺りの地方を気まぐれ的に彷徨っている。旅の最中に遭遇するかどうかは運次第だ」

まあ、旅の途中で大きな足跡を見つけたら辺りを見渡してみるといい——と、行商人さんは語り。

斯様な話を聞かされたとき、私は首をかしげたものです。足跡、と宿屋、という単語がどうしても私の頭の中では結び付かなかったのです。

宿屋が足跡をつけるだなんて。

まるで生きているみたいじゃないですか。

話を聞いた時点では私はそのように疑問を抱いたものですが。

実際、この移動式宿屋というものはまさしく生きた宿屋なのだといいます。

それは一見すると地を這う巨大な竜の姿をしているそうです。

体躯は黒い鱗に覆われており、翼はありません。代わりに背中に生えているのは一棟の宿屋。

木造りで質素な佇まいの三階建て。しかも庭付き。大昔から宿屋は竜と共にあるようで、その年季を覗わせるほどに苔が生しております。

以上が私が仕入れた移動式宿屋の外観に関する情報であり。

それはそれは。

ちょうど私の視線の先に見える建物の外観と、奇妙なほどに合致していました。

「まさか本当にあるとは思いませんでしたね……」

旅の最中。

ほうきを止めて、しばし私は見惚れます。

平原の向こうへと遠ざかる黒い背中と一棟の古びた宿屋。長い尻尾をゆるくゆるく揺らしながら、竜は四本の足で地を這います。

背中の上にある宿屋には小さな看板も見えます。

『移動式宿屋ルノワ』

ずしん、ずしん、と遠ざかる背中の向こうで、木々から鳥たちが驚き飛び立っておりました。竜は木々を避けるように蛇行しながら、どこかへと進んでいきます。

聞きしによれば移動式宿屋は目的もなくさまよっているだけであり、きっと今もなお歩んでいる足取りには行先などないのでしょう。

まるで旅のよう。

「…………」

だからかどうかは分かりませんけれども。

しばし留まったのちに、私のほうきは、大きな大きな足跡を辿(たど)ってゆくのでした。

〇

移動式宿屋ルノワは近づく者があるとその動きを止めて、尻尾から昇ってくるように誘導してくれるようです。

しばらく竜の背を追いかけていると、ある程度近づいたところで竜はけだるそうな様子でこちらを振り返り、かと思えば動きを止めて、尻尾を垂(た)らしてくれたのです。

ゆるく蛇行した坂道のような尻尾の先には、移動式宿屋ルノワの出入口が見えます。

おもてなしをされてしまいましたね。

私は導かれるままに、尻尾の上にほうきを降ろし、黒く硬(かた)い鱗の上を歩みました。

それからたどり着いたのは苔まみれの古びた建物。一体いつから竜の背に乗り営業しているのでしょう?　壁を這う緑はしがみつくように建物を覆っていました。

入口の扉(とびら)も例外ではなく、古びて、緑にまみれています。

一体いつからお客さんは来ていないのでしょう?

「こんにちはー」

ぎいい、と古びた扉が軋みます。ゆっくり慎重に窺うように開けたつもりでしたが、扉の悲鳴はいやなほどに響いていました。

宿の中は窓から明かりが差し込んでいました。光の線が木目の床を照らします。恐らくはとてもとても大事にされてきた宿屋なのでしょう。店の中は古びていてもほこり一つ舞っておらず、見渡す限りが整然と片付いていました。

入口の向こうは受付。

カウンターには小さなベルが置かれており、『ご用の際は押してください』とあります。呼べば出てきてくれるようです。

けれど押すまでもなく、カウンターの向こうには既に一人の女性の姿がありました。

髪は薄い紫。肩を過ぎる程度に伸びています。着込んでいるのはこの宿屋の制服でしょうか。深い緑の衣装を身に纏っていました。

表情はよく見えず、それどころか年齢もよく分からず、というかそもそも性別と髪と最低限の服装くらいしか彼女に対して分かることはありませんでした。

「……寝てる」

自らの腕を枕にして、穏やかな日差しの中で、カウンターの向こうの彼女は心地よさそうに眠りこけてしまっていたのです。

本当に、一体いつからお客さんは来ていないのでしょう。

「あのー……」私は彼女を驚かせないように、ゆっくりと近づき、声を掛けます。

「むにゃむにゃ」

彼女は気持ちよさそうに寝息をたてていました。

「すみませーん」めげずに声を掛ける私。

「むにゃむにゃ」

しかし彼女は夢の中。

「宿泊をしたいんですけれどもー」

「むにゃむにゃ」

起きる気配は見えません。

「…………」

「むにゃむにゃ」

なるほどなるほど。

じゃあ仕方ないですね。

「えい」

ちーん、とベルが彼女の頭のすぐ傍から響き渡ります。静謐な店内には似つかわしくない少々情けない音色でした。

「ぴゃあああああああああ！」

そして私の目の前でぐっすり寝ていた彼女もまた、情けない悲鳴をあげつつ夢から帰ってきたのでした。

目覚めたばかりの彼女は何が起こっているのかもよく分からずに目を白黒とさせ、やがてカウンターの向こう側に私がいることに気が付きました。

あらぬことに客の前で眠りこけていたことにも遅れて気が付きました。

「あ、こ、こんにちは！」

顔を真っ赤にしながら慌ただしく身なりを整える店主さん。見かけはおおよそ二十代半ば程度。瞳は深淵のように暗く、伏し目がちにこちらを窺います。

「宿泊をお願いしたいんですけれども……」

と私が言うと、彼女は、

「え？　しゅ、宿泊……？　まさかお客さまですか……！」

と至極驚いておられました。

「お客さまでなければ何なんですか……」

「お化けや幻覚の類ではないのですよね？　お客さまはお客さま、ですよね……？」

あわわ、と未だ落ち着きのない彼女はそれから自らの頰をぺちぺちと叩き、「ああ痛い！　夢じゃない……じゃあ本物のお客さまだああ……！　わああ……」と暗い瞳が輝きます。

ちょっと変な人ですね……。

「一泊お幾らですか？」

「お客さまなんて何年ぶりだろう……。嬉しいなあ」

「あの一泊のお値段は」

「何泊してくれるのかな……いっぱい泊まってくれると嬉しいなあ」

「あのだから一泊のお値段は」

「えへへ」

「よそ行きますね」

くるりと私は踵（きびす）を返します。

「あああ待ってえええ！　置いてかないでえええええ！　タダでもいいから一緒（いっしょ）にいてええええ！」

カウンターの向こうから助けを求めるように手を伸ばす彼女。細い両手で私にひし、と抱き着きます。

大分変な人ですね……。

「一緒にいるかどうかはさておき」彼女を引き離しつつ私は言います。「一応宿泊の予定で来たのですけれども……お部屋、空（あ）いてます？」

「もちろんです！　ではこちらの用紙に記入をお願いします！」

カウンターの向こうへと戻った彼女はそれから用紙をぴたーん！　とカウンターに叩きつけ、私は望まれるままに名前、職業などの欄（らん）を埋（う）めていきました。

できあがった用紙を彼女に差し戻すと、彼女は「では一番いいお部屋をご用意させていただきますね！」と張り切った様子で棚（たな）をがさがさと漁り、「こちらが三階のお部屋の鍵です！」と渡してくれました。

お気持ちは有難いのですけれど、

「あの、お値段のほうはどれくらいで……？」

実際のところ私が一番気にしているのはそこでした。こんなにも特殊な環境下にある宿屋に格安で泊まれるなどとは思っていません。

「えへへ。無料でいいです」

愛嬌たっぷり媚び媚びな様子で彼女は言いました。

タダでもいいから、とは確かに今しがた語ってはいましたけど。

「さすがにタダというわけには」

「いえタダでいいです」

「いやでも」

「タダでいいです」

「……………」

「何ならお金をこちらから払いたいくらいです」

「どれだけお客さん来てなかったんですか……」

有無を言わせない強引さがそこにはありました。当惑する私をよそに彼女は「さあどうぞ！　これが三階の鍵です！　さあさあ！」と私に鍵を押し付けるのです。

「え、ああ……はい……」

「それで何泊にいたしますか？」

「えっと……とりあえず三泊――」

「もう一声お願いします！」

「えっ？　いやでも別にそんな何泊もする必要な――」

「一週間くらいどうですか！」

「いやべつに三日でい――」

「お願いします！　いっぱい泊まってください！　お願いします！」

「ええ……」

結局私は、無料で一週間、この宿屋にお泊りすることと相成りました。

旅人としてはお金の出費がないことは有難いことこの上ないのですけれども、何だか裏があるのではと勘繰(かんぐ)ってしまいますね。いえ、もしかしたら本当にお客さんが来ていなかったことが耐(た)えられなかっただけかもしれませんけれども……。

嬉しいような訝(いぶか)しいような、妙な気持ちを抱えつつ私はそれから三階の部屋へと向かいました。

その最中です。

「――私の名前はルノワと申します」

背後から声を掛けられました。

私は振り返ります。

カウンターの向こうの彼女は、口元を緩(ゆる)めつつ、自らの名札を差しながら、

「お客さま。ご用の際は、私をお呼びください！」

いつでも、どんな事情であっても、私は駆け付けます、と。

深淵のように暗く底の見えない瞳の彼女は、言うのでした。

○

三階。

鍵を開けて開いた扉の向こうにあったのは、上質なお部屋でした。

床に敷き詰められた柔らかいカーペット。本来複数人で泊まることを想定されているのか部屋の中央では二脚のソファがテーブルを挟んで向かい合っています。ベッドは見るからに私が両手を広げても端に届かないほど広く、ほとんど正方形のようにも見えます。無駄に大きすぎて持て余してしまいそうですね。

部屋の隅にはキッチンもありました。そういえば見たところレストランなどは見受けられませんでしたし、この宿屋ではお食事は出してもらえないのでしょうか？　あとで聞いてみるのもいいかもしれません。

部屋の一角には扉が二つ。

一つはお風呂とトイレに繋がる扉。

もう一つは、開いてみれば、バルコニーへと続いていました——木造りの床と柵に囲まれた慎ましい空間には、同様に木造りのテーブルと椅子二脚がありました。柵に手をかけ外を見れば、平原が流れゆく様子が見られました。

それはそれはとても雄大で、一人きりで占領するにはいささか贅沢にも思えるほどの光景でした。

「本来は一泊幾らほどなのでしょうか……？」

あとになって料金を請求されたりしたら嫌だなぁと思いつつ私は部屋に戻り、荷物を開きました。

どうせこれからやることもありませんから、本でも読んでゆったりと過ごしましょうか――などと思ったのです。

テーブルの上に置いてあった案内書が目に入ったのは丁度そのときのことです。

「……？」

私は首をかしげるに至りました。

ほかの宿ではあまり見かけないような紙切れが一つ重ねて置いてあったのです。そこにはただ一言、手書きの文字が綴られています。

「ご用の際は、私の名をお呼びください……？」

それは丁度、先ほどフロントでルノワさんが別れ際に私に対して語り掛けてきた言葉ですけれども。

部屋の中にすらろくに響かないほどの囁きで声を漏らした直後です。

「お客さまっ。お呼びですか？」

ばたんっ。と部屋の扉を勢いよく開いて現れたのはルノワさん。

まるで部屋の目の前でずっと待機していたかのような迅速ぶり。彼女はそれから「ああ早速お呼びくださったのですねっ！　嬉しいです！　何なりとお申し付けください！」

　踊るようにくるくるとターンしながら歌うように言葉を並べる彼女。回るたびにスカートがふわふわと空気を含んで花咲くように広がります。

　至極上機嫌なところ水を差すようですが、

「私まだあなたのこと呼んでないんですけど」

「またまたぁ。お客さまが私を呼ぶ声、ちゃんと聞こえていましたよ」

　すすすすっ、と傍まで辿り着くと、彼女は私を促し、そのままソファへと座らせました。

「分かります……お客さまのご要望が手に取るように……分かります……」

　そして彼女は芝居がかった挙動とともに私の前まで躍り出て、「お客さまは今、喉が渇いている。そうですね？」などとしたり顔で尋ねました。

　そしてその手は既に紅茶を注いでいました。

　いやいや。

「別に今喉は乾いてないんですけど……」

「どうぞ。ご要望の紅茶でございます」

「ご要望した覚えはないんですけど……」

「…………」

「…………」

「えっと……少々お待ちくださいね、お客さま」

紅茶をテーブルに置いた直後にルノワさんはくるりと私に背を向け、分厚い本を開きました。慌てた様子でぺらぺらぺらぺらと紙がめくられていきます。

はて一体何の本でしょうか？

紅茶の香りよりも私はそちらの面白そうな匂いに釣られ、彼女の肩越しに本を覗き込むに至りました。

彼女は本をめくり続け、やがてとあるページに綴られた文章を指でなぞり始めました。

「確かにここには『お客さまが店員を呼ぶときは大体紅茶を所望している』って書いてあるのに……」

「なんですかその本」

「はっ……！　み、見ちゃだめです！　えっち！」

「こんなところで広げては見てくださいと言っているようなものですよ」

「えっちなのは私のほうだった……？」

「どちらかといえば」私は視線を落とします。彼女の手元には一冊の本。「で、それ何なんです？」

「こ、これですか……？」彼女はもじもじと恥ずかしそうに俯きつつ、答えます。「業務マニュアルです」

「業務マニュアル？」

「最高のおもてなしの数々が綴られているのです。以前ここに泊まったお客さまがくれたものです」

「なるほど。では呼ばれる前に部屋に侵入するのも最高のおもてなしの一つですか」

「いえそちらは私の独断でやらせていただきました」

「なぜ」

「お客さまの呼ぶ声が聞こえたので……」

「……」

えへへ、と彼女は黒い瞳で私を見つめつつ、頬を染めます。

悪気はないようです。少々変な方ですけれども。何なら若干の恐怖を感じるほどですらありますけれども。

「……」

私は彼女の熱い視線から逃れるように目を逸らし、紅茶を嗜みました。ほどよい温度の紅茶が喉を通り、旅で疲れた身体に潤いを与えてくれます。

端的に言ってしまえば紅茶は香りが高く味がよく、思わずため息がこぼれるほどでした。

この味も本に綴ってあったものなのでしょうか。それとも彼女自身が張り切りすぎた結果でしょうか。

「お、美味しいですか……？」

「ええ、まあ」

きっと後者なのでしょう。

頷いた私に、彼女は子供のように無邪気に笑っていましたから。

○

ティータイムの後。

ルノワさんがお部屋を去り、一人きりになったのちに、私はバルコニーに出て外の景色を眺めます。

地を這う竜の背に乗った移動式宿屋ルノワは雄大な自然の中を進み続けていました。遠くのほうには雪に白んだ岩山が見えます。波のない湖は鏡のようにその岩山と、薄い雲が流れる空の模様を映し出していました。

いつもより少し高い目線から眺める世界はとてもとても新鮮で、私はいつまでも眺めていました。

「いいものですね……」

私は椅子に腰かけ、本を開きます。素敵な空間で読む本はなんだか素敵な物語であるかのように思えるものです。

この空間に唯一足りないものがあるとするならば、美味しい紅茶でしょうか。

「紅茶でも飲みながら景色を堪能できたらきっとこの上なく幸せでしょうね――」とはいえついさっき紅茶を頂いたばかりですし、彼女はお部屋を去ったばかりですし、呼び出すのは憚られますね。

「お待たせしましたイレイナ様。クッキーと紅茶です」

すすす、と視線の端っこのほうからテーブルへと差し込まれたのは洒落たお皿に並べられたクッ

キーと先ほど飲んだばかりの紅茶。

「………」

私が顔をあげてみると、ルノワさんが『えへへ、来ちゃった』とでも言いそうな笑みを浮かべていました。

呼んで、ないん、です、けど……？

「また私を求めて頂けて、私、嬉しいです」

「………」いやだから呼んでないん、です、けど……。

「あ、そういえば。実はですね、イレイナ様。当宿屋は移動式宿屋と呼ばれていまして、読んで字の如く世界を旅しながら宿泊業を営んでいるのです」

「あ、はあ……」

「というわけでこちらをご覧ください」

彼女は戸惑う私を後目にささっと大きめの地図を広げて見せました。

見ると私たちが今いる場所からそう遠くない範囲の観光名所や絶景が見れる場所が手書きで記されています。せっかく移動する宿屋なのだから、見られるものを見なければ勿体ない、ということなのでしょう。

紅茶を手に取り地図を眺めていると、ルノワさんは、

「ささっ、どこでも好きな場所を仰ってください！　私が必ずや連れて行って差し上げましょう」

「ふむ……」

地図上には近隣の国々の特徴や、観光名所の数々が手書きで記されていました。大きな紙切れは文字だらけです。一つひとつ読み上げるのを諦め、私は「現在地ってどこですか？」と尋ねます。

ルノワさんは、

「この辺りです」と地図の右下辺りを指差します。

「ほうほう」

「ちなみにイレイナ様はどこを目指して旅をされているのですか？」

「別にどこも目指していませんよ」私は頭を過ぎった小さな疑問を散らしながら軽く首を振ります。

「なんとなく行ける場所に行っているだけです」

「では私と同じですね」

どこにでも行けるのはとてもいいことですね――と、嬉しそうに彼女は笑います。

曰くこの宿屋はルノワさんの気分次第で時間問わずどんな場所にも向かうことができるといいます。つまりどこを目指すのも自由というわけです。

要は私たちはお互いお気楽な自由人というわけですね。

「では行先は私の気分次第で決めさせていただいてもよいですか？」

彼女のご提案に、私は当然とばかりに頷きます。

「それでお願いします」

楽しみにしていますよ――と一言添えつつ。

「じゃあ張り切って観光名所のご案内をさせて頂きますね。私、とってもいいところを沢山知っているんです」地図を畳む彼女は私に再度笑みを向けました。「ところでイレイナ様。これからの宿泊において、何かご要望などはありますか？」

「お願いですか……」

「お客さまのご要望にできる限りお答えするのも有能な店主にとって必要な能力なのです――」

ふふふ、と彼女は自慢気に胸を張っておられました。

私も彼女も同様に自由人。

正直なところ特にこだわりなどは持ってはいないのですけれども、せっかくの機会ですから一つだけお願いをするのも悪くないかもしれません。

ですから私は彼女を見つめて言いました。

曰く。

「お部屋に入ってくるときはまずノックをお願いします」

○

移動式宿屋にて、慎ましい日々が紡がれていきました。

朝はいい香りで目を覚まします。寝ぼけた頭に飛び込んでくるのはキッチンで上機嫌にお料理をするルノワさんの背中。鼻歌を歌いながら、時折「――愛しい愛しいお客さまが喜んでくれますように」などと囁きつつ、彼女はフライパンを振っています。

また勝手に入ってる……。

昨日私が言ったことはもう忘れてしまったのでしょうか。と思いつつ私は「ノックはどうしたんですか」とあくびをしながら尋ねます。

「入室前にノックはいたしました」

「はい」

「しかし何度ノックをしても返事がなかったためもしかしたら昨日来店いただいたイレイナ様という存在は私が孤独に耐えかねて作り出した幻想だったのではないかと急激に不安になり不承不承やむを得ずイレイナ様との約束を破り入室するに至りました」

「あっ、はい」

こわ……。

暗い瞳の彼女は身震いをする私に微笑みかけました。

「やはりお客さまを満足させるためにはいい場所でできたてのいい食事を摂っていただくことが一番だと思います。もう少し待っていてください、イレイナ様」

そして朝食はすぐにできました。

バルコニーで椅子に座りつつ本を読んで待っていると、オムレツ、サラダ、パンなどなど、テーブルが彼女の手料理で彩られていきます。

視線をバルコニーの外に向ければ、絶景が広がっていました。

私がぐーたらと寝ている間に、移動式宿屋を乗せた竜は結構な高さの山の上まで登っていたようです。朝日に照らされたオレンジ色の雲が大地を覆っていました。見下ろしても地上は見えず、遥か先まで雲の海が波打っています。所々に雲を突き破って顔を覗かせている山々の頂はまるで孤島のようにも見えました。

「ぜひ最初の朝食はここで摂っていただきたかったんです」

にこりと笑みを浮かべながら、彼女は私の向かいに座ります。

確かに壮観です。非日常な光景に囲まれながら少々優雅な朝食に私は舌鼓を打ちました。周りの環境のせいかも分かりませんが、その味は寝ぼけた私を覚醒させるには十分すぎるほどで、私はただただため息を漏らすに至りました。

「………」

しかし気になるのは食べている最中ずっと私の前で両手で頬杖をつきながらにこにこと笑みを浮かべているルノワさんの存在です。すぐそこに絶景が広がっているというのに彼女はそちらには目もくれません。

さすがに見つめられながらの食事は余計な気をつかってしまいます。ちょっとしたやりづらさがあります。

ですから、

「いい景色ですね」と私はさりげなく視線を外に誘導したのですけれど。

「そうですね」彼女は淡々と頷き、深いくらやみの瞳で私を覗き込みます。

「……そういえば、ルノワさんは食事、摂らないんですか？」

「私は結構です」こくりと頷くルノワさん。「お客さまの喜びこそが私の喜びですから」

にこにこと彼女は笑っていました。

妙な気まずさに私は雲海（うんかい）をじっと眺めます。

しかし視界から彼女を除外しても彼女の声は届くのです。

「――ああ可愛（かわい）らしいお客さま……食べちゃいたい」

「――私の手料理を食べてくれている……嬉しい……」

「――愛しい愛しいお客さま……」

などなど。

反応に困る言葉が囁かれました。

なるほどちょっと困ったことを囁く彼女の気を逸らす必要もあるようですね。

「そういえばこのお料理とても美味しいのですけれども、食材はどうやって調達しているんですか？」

私は尋ねました。実際これに関しては正直なところ本当に気になっていたことでもあります。四六時中動き回っている彼女はどのようにして食材を得ているのでしょうか。

首をかしげる私に、ルノワさんは、

「ああ、竜の鱗を売って金銭を得ているのですよ」などとあっさり答えました。

曰く彼女の宿を乗せている竜はかなり希少（きしょう）な種族らしく、鱗はかなりのお値段で売れるそうです。旅の商人などに遭遇（そうぐう）するたびにそれらを売って食料を調達しているようです。

なるほど。

「では稼ぎが十分にあるから宿泊費用はいらないと即答できたわけですね」

「いえ、宿泊費用をイレイナ様に求めなかったのは単にお金があるからだけではございません」

「じゃあ何です？」

「お客さまの喜ぶ顔が見たかったのです……」

「あ、はあ……」

喜ぶ顔を見せた覚えはないんですが……。

目を逸らす私でした。

「――ああ……戸惑うお顔も可愛らしい……」

ぼそりと彼女は視界の外で相変わらず困ったことを囁いていました。

最初に遭遇した時点で察していましたが、ルノワさんはやはりかなりの変わり者。ともすると変わり者でなければこのような宿屋の経営などできないということなのかもしれませんけれども。

しかし変わり者でありながらも彼女の宿屋の店主としての手腕はすさまじいものがありました。

宿泊中は基本的に丸一日お部屋の中かバルコニーに私はいるのですけれども、ベッドメイクやお部屋の掃除など、宿の店主としての業務をほんの少し目を離したうちに彼女は済ませてしまうのです。

たとえば朝食を食べたあとにバルコニーからお部屋に戻ってみると、ベッドやお部屋の隅々から生活感が完全に消失しています。前日から今朝にかけて私が出したゴミから髪の毛一本に至るまで綺麗さっぱりなくなっています。読みかけの本やその辺に置いておいた荷物は背筋をきちんと伸ばすかのように綺麗に整頓されており、まるで私が極めて几帳面な人間であるかのように思えてしまいます。

「はい、お客さま、どうぞ焼きたてクッキーです」

日中、読書をしていると彼女はクッキーを焼いてくれたりします。不思議なことに彼女が作るクッキーは食べても食べても減ることがないのです。いえ、減ることがないというよりは気づかぬうちに補充されるおかげで一向に減らないだけなのですけれども。

とにかく気が利きすぎるルノワさんと共に私は宿の中で旅をしたのです。

「ご覧くださいお客さま。こちら、名もなき湖でございます」

波がなく鏡のように空を映す湖の真ん中には小さな柳が一本、寂しそうに生えています。彼女はその光景を指差し「ここは私のお気に入りの光景なんです」と語りました。

「そうなんですか。確かに綺麗ですね」

「えへへ……」もじもじと照れるルノワさん。

「いや別にあなたに向けて言ったわけではないんですけど……」

呆れつつ私はため息を漏らします。丁度そのとき、ふと気づけば風もないのに水面が揺れていました。視線で湖の波紋を辿ると、私たちを乗せた竜がお水を飲んでいるのが目に入りました。

「当宿屋の竜は綺麗な水しか飲まないようにしているんです」

なるほどなるほど。

「お上品ですね」

「えへへ……」もじもじと照れるルノワさん。

「いやだから別にあなたに向けて言ったわけではないんですけど……」

「ちなみにあの子は綺麗な木を食料としています。ばりばり食べます」

「綺麗な木ってなんですか」

「えへへ……」

「なんで照れるのかよく分からないんですけど」

と私が呆れた直後。宿屋を背に乗せた竜が近くの木のほうまでのしのしと歩みを進め、すぐ傍にある木をばりばりもぐもぐと食べ始めました。わお。

「ワイルドですね」

「えへへ……」

「なんで照れるのかほんとよく分からないんですけど……」

曰く、竜の行動は彼女が操(あやつ)っているそうです。彼女が山に行きたいと思えば山に行き、下山したいと思えば下山してくれます。馬の手綱(たづな)を握る騎手のように歩むも止まるもルノワさんの意のままであり、水を飲んだり、食事を摂るとき以外の行動のすべてがルノワさんの手の中にあるといいます。

「どうやって竜を動かしてるんです?」

「この子は私が行きたいと思った場所に行ってくれるのです」

即答でした。

ちょっと言っている意味が分からなかったです。

「あなた何者なんですか……？」

「私はただの店主ですが？」

ふふふ、と彼女は笑いました。

見つめていれば呑み込まれそうなほどに暗い暗い黒い瞳で笑いました。

「…………」

こわ……。

得体のしれないルノワさんに恐怖を感じつつも宿での日々は紡がれていきます。

彼女はこの辺りの地方に関してかなり精通（せいつう）しているようで、色々な場所に連れて行ってくれました。

「ご覧くださいお客さま」

丘の上。バルコニーから視線を下ろすと、海沿いに背が低く白い建物が身を寄せ合っているのが見えました。

「あちらに見える国は景観にとても気を使ってらっしゃる国でして、特にここからの景色は壮観なのです」

「ほう確かに」

「いい景色でしょう」

「そうですね」

「綺麗ですか？」

「ええ、まあ……綺麗ですね」

「えへへ……」照れるルノワさん。

いやあなたに言ったわけではないんですけど……。

「ちなみにルノワさんはあの国に行ったことはありますか」

私は尋ねました。

「いえ、ありません」

即答されました。

彼女はどうやらこの宿屋の外にあまり行きたくはないようです。

「お客さま、あちらはご存じですか？　大昔、国と国を繋ぐ道として使われていたのですが」

それから彼女が言いながらご案内してくれたのは、小さな小さな森の道。竜が窮屈そうに木と木の間で足を止めると、私を乗せたときのように、長い尻尾を垂れさせました。

降りろ、ということなのでしょう。私は促されるままに竜の尻尾を辿って歩みました。私が尻尾から降りると、のんびりと尻尾の先っぽに座っているルノワさんが森の道を指差し言いました。

「ここから先の道は一度見たほうがいい絶景だそうです。ぜひぜひお楽しみください」

「………」

私は森の道を見やります。行儀よく並んだ木々が、狭い一本の道の上で傘を広げ、アーチを作っていました。風が吹いて木が揺れれば、草の合間からこぼれた光の粒の数々が道の上で踊ります。見れば分かります。

こんな道を歩けば心地がいいことくらい。

しかし、

「よければ一緒に行きませんか？」

口ぶりから察するに彼女は一度もこの道を通ったことはないのでしょう。

他人に紹介するほどにこの森の小道の美しさは知っているのに、それがどのように美しいのかを知らないのはいささか勿体ない話ではないでしょうか。

「いえ、私はお仕事がありますので」

しかし彼女は断りました。

お仕事？

見るからに座っているだけですけれども……、まあ、お仕事というのならば強制はできませんね。

何してるのかよく分かりませんけれども。

「分かりました。じゃあ私一人で行ってきます」

ぺこりとお辞儀ひとつしてから、私は森へと歩み始めます。

そしてアーチの中に足を踏み入れました。

けれど。

「――いきたいな」「――いいなぁ」「――きっと綺麗なんだろうなぁ」

私の背中の向こうから、そんな声が響くのです。

振り返ってみると竜の尻尾の上でひらひらと手を振るルノワさんの姿。心なしかその表情は陰（かげ）っているように見えます。

「………」

本当は行きたいのに、誘えば拒（こば）むというのは勿体ないを通り越して意味不明です。

そんなに行きたいなら行けばいいのです。

私は即座に来た道を戻り、強引にルノワさんの手をとりました。

「行きましょう」

「えっ、でもお仕事が――」

彼女は一瞬、私の手を振り払おうとしましたが、強引に私がそのまま彼女を引っ張って歩きました。いじらしいにも程があります。

「どのみち、人里離れた森の中ではお客さんなんて来ることもないでしょう」多少森を散歩したくらい別にいいじゃないですか、と私は彼女を窘（たしな）めつつ、森の道を歩き始めました。

「………」

私に手を繋がれながら歩く彼女は、せっかくの絶景の中、繋がれた手ばかりをじっと眺めておりました。

せっかくの絶景なのに、勿体ないですね。

夜になればいよいよ宿でぐっすり眠るだけなのですが、こんな時でも彼女は平然と私の泊まるお部屋に訪れます。

竜も陽が沈むと移動はしなくなるようで、揺れも音もない中で、私は静かに本を読んでいました。

そんな中、夜分遅くにノックが二回。

「こんばんは」

扉の向こうにはルノワさん。彼女はにこにこと笑みを浮かべながらこちらを窺い、「もし差し支えなければ添い寝や膝枕などは如何でしょうか」などと尋ねます。

なるほど眠れない夜のためのサービスですか。サービス精神旺盛なお店ですね。

「結構です」

まあ扉閉めるんですけどね。

別に眠れないわけではありませんしね。

「ですがお客さま」再びルノワさんは扉を開けます。

「いや結構です」私は扉を閉ざします。

「お客さま」

「いやほんと結構なんで」

「ではおとぎ話などはどうです？」

「いやもう寝たいんでいいです」

「むー……」

何度か扉の前で攻防を繰り広げたのちに、扉の向こう側でむくれるルノワさん。

一日の終わりのやり取りはおおむねそんなところで、やがて諦めたルノワさんが「では、おやすみなさいませ」とご挨拶をして、去っていきます。

ようやく静かになったところでベッドに潜り、私は眠ります。

そして翌日、またルノワさんの鼻歌で目が覚めるのです。

こうして宿屋での日々は紡がれました。

何の変哲もない日々で、白状してしまえばこれはただひたすら私がルノワさんに連れられて絶景スポットと呼ばれる場所を訪れるだけの旅の記録でした。

たとえば以前行ったことのある山岳地帯に行ったり。

「お客さま！　ご覧ください！　あちらに見えるのはとても珍しい生き物とされているアンジアちゃんです！」

「いや多分もっと珍しい生き物が私たちの真下にいるんですけど」

たとえば海のほうに行ったり。

「お客さま！　ご覧ください！　人魚と男性がいちゃこらしています」

「まじまじと見たら失礼ですよ」

たとえば移動の最中にぼんやりと過ごしたり。

「お客さまって結構可愛い顔をしていらっしゃいますね」

「まじまじと見たらぶん殴りますよ」

たとえば天然の温泉と呼ばれている場所まで赴いてお風呂につかったり。

「ところでお客さま。どうして私と一緒に入ってくれないのですか？」

「なんか怖いからです」

たとえば夜に私の部屋に彼女が侵入してきたり。

「なんか怖いので一緒に寝て頂けませんか」

「いや一緒に寝るほうが怖いんでいやです」などと追い出したり。

そしてたとえば、ただの平原を眺めたり。

「……お客さま」

私の真横に座るルノワさんは、ことん、と私の肩に頭を乗せます。

おやおや何をする。と私は読書を中断して彼女をじとりと見たものです。

「………………」

長旅のせいでしょうか。ほぼ一週間もの間、私につきっきりだったからでしょうか。私の肩に身を預け、彼女は昼間から眠りこけてしまっていました。

よほどお疲れだったのでしょう。

さしもの私でも、心地よい眠りの中にいる彼女を無理やり起こす気にはなれませんでした。

だからただ黙って、私は本に視線を落とすのです。

そして曖昧な時間の中。

やがて、どこからともなく、声がしました。

「――ずっとこんな時間が続けばいいのに」

ひょっとすると彼女は起きているのでしょうか。それともただの寝言でしょうか。

私はしかし確認することもなければ、彼女に何か言葉を返すこともなく、ただ何もかも曖昧にしたまま本を読み続けます。

私は宿に泊まっている客で、彼女は従業員。

どこからともなく響いたその願いは、決して叶わないのです。

○

そして迎えた最終日。

私は平原の真ん中で宿から降りることになりました。

見渡す限りが緑に溢れる世界の中で、一匹の竜が立ち止まります。

「お客さま、本当にこんな場所でいいのですか？」

宿屋のカウンターの向こう側から、ルノワさんが尋ねます。

「むしろこんな場所だからいいんです」

別にどこで降りてもよかったのですけれども、どこか明確な場所で降りることを希望してしまうと、そこに至るまでの道中が寂しさにまみれてしまいそうな気がしたのです。

だから後腐れなくどうでもいい場所で、なんてことのない時間に降りることにしました。

私はお部屋の鍵を返しつつ、

「一週間ありがとうございました。なかなかよい宿でしたよ」と彼女に言います。

ルノワさんは泣きました。

「お、お客さまぁあああ……」

娘の門出(かどで)を見送る父のように大粒の涙(なみだ)を流しながらわんわんと泣きました。「お客さまにそう言って頂けただけで私は生きてきた価値があるというものです……ううう……」

「大げさですね……」

「もう今日が命日(めいにち)でもいいくらいです……」

「ほんと大げさですね……」

嘆息(たんそく)しつつ私は荷物を抱えます。

彼女は私の所作(しょさ)一つひとつを涙ながらに見つめ、「ぜひぜひまたいらしてください、お客さま」と深く深く首(こうべ)を垂(た)れました。

「はい。また機会があれば、ぜひ」

本音を言えば宿泊しながら移動できるというこの宿屋の仕組み自体は旅人にとってはメリットしかありません。おまけに無料で宿泊させてくれるのですから、拒む理由など一つとしてないでしょう。

私もこの宿屋も四六時中外の世界を旅しているものですから、次いつお会いできるかなどはまるで分かりませんけれども。

「では。またそのうちお会いしましょう」

それでも私はまたここに来られることを願いつつ、最後にお辞儀ひとつだけして、彼女に背を向けました。

そして歩き出し、出入口の扉へと手をかけ。

「――いかないで」

ぐい、と後ろから袖を掴まれる感触がありました。

「…………」困りましたね。

できるなら後腐れなく終わりたかったのですけれども。

まだお別れの挨拶が足りなかったのでしょうか。

私はルノワさんのほうを振り返ります。

「…………？」

振り返った直後に妙なものが目に入りました。

私の袖を引っ張ったはずのルノワさんは、未だカウンターの向こう側にいるのです。彼女は突然振り返った私を見つめながら不思議そうに首をかしげていました。

「お忘れ物ですか？」

私に語り掛ける彼女は、そもそも直前に私の袖を引っ張ったことなど意に介してすらいません。

いいえ、意に介していないというよりは、そもそも私が振り返った理由すら分かっていないような雰囲気がありました。

「…………」

ここに至って、私ははたと気づきます。

ここ一週間の間にあった彼女の言動。

私の記憶が正しければ、彼女は私の視界から外れた時だけ、いつも奇妙なことを囁いていました。

――愛しい愛しいお客さま。

――ずっとこんな時間が続けばいいのに。

――いかないで。

私ならば口が裂けても言えないほど、正直すぎる言葉の数々は、私たちが行動を共にしている間に何度も何度も囁かれました。

私はきっと彼女は変わり者なのだろうと思い聞き流していましたけれども。

ここに来て私は決定的な違和感を覚えたのでした。

「お客さま……？　どうかしたのですか？」

両手を胸の前に添えて不安げな表情を浮かべるルノワさん。変わり者であり、少々強引なところもある彼女ですけれども。

業務マニュアル片手に精一杯もてなそうとするような彼女が、一生懸命入れた紅茶に美味しいと一言感想をもらっただけで、泣き出しそうなくらいに嬉しそうに笑うような彼女が、ただ客を困らせるだけのことをするでしょうか。

いえいえ、彼女はそんな人ではないはずです。

「であるなら誰が……？」

彼女でないのならば、先ほど私の袖を引っ張ったのも。これまでの日々で妙な言葉を私に囁いてきたのも。

彼女とは別の何か、ということになるのですけれども。

しかしここには私と彼女しかいません。

妙なことが私の身の周りに起こっていることは明らかです。疲れているのでしょうか？

むむむ……？

「あの、お客さま……」

更に妙なのはカウンターの向こうにいるルノワさんがいつの間にか青ざめた表情でこちらを眺めていることです。顔から血の気は引いており、普段より割り増しで表情も陰って見えます。

「どうしました？」

私が尋ねると、彼女は私よりも少し上のほうに視線を向けつつ、

「お客さま……、あのう、何も言わず、今からゆっくりこちらのほうに来ていただいてもよろしいですか……？」

「えぇー？」

何ですか？　何か企んでます？

「絶対に、絶対に振り返らずに、こちらまでいらしてください……！　お願いします！」

「そう言われましても……」

困ったことに私という旅人はやるなと言われたことはやりたい性でして。

振り返るなと言われれば当然振り返りたくなってしまうわけです。

というわけでくるりと振り返る私でした。彼女の忠告を無視するまでにかかった時間は約一秒。

「…………」

そして振り返った直後に硬直した時間はおよそ十秒程度でしょうか。

『いかないで』

無数の囁き声が私の耳を支配しました。

そこにはルノワさんの瞳よりも暗く深く広い闇がありました。囁き程度の声でも聞こえるくらいに至近距離で、黒い何かは私を見つめていました。姿かたちはルノワさんを模しており、けれどつま先から瞳に至るまですべてが黒。影のようにシルエットだけがそこにはあります。

「あああー！　振り返らないでくださいって言ったじゃないですかお客さま！」

背中の向こうからそのような悲鳴が上がるのとほぼ同時に、黒い影から無数の手が私のほうへと伸びました。

『いかないで』

などと、縋りつくように。

○

「お客さま！　こっちです！」

本物のルノワさんが私の手を引いて走り出したのは、私が黒い影の手を振り払ったのとほぼ同時のことでした。

彼女は振り返ることなく階段を駆け上がります。背後から無数の黒い手が縋りつくように伸びるなか、ルノワさんは引き連れて三階の部屋――私が今日まで使っていた部屋へと閉じこもり、鍵をかけました。

私は杖を手に取り魔法で本棚を扉の前まで引きずります。万が一鍵が破られても本棚が黒い手の侵入を遮ってくれることでしょう。

『かなしい』『いかないで』『おねがい』『いかないで』『かなしい』『かなしい』『かなしい』

扉を叩く音とともに、そんな悲しい声が漏れ聞こえます。絶え間なく吐かれる弱音のすべてがルノワさんの声そのもの。

「あれは一体何なんです？」

私はルノワさんを見つめて尋ねます。

姿も声もルノワさんそのもの。

さすがに無関係とはいえないでしょう。知らないなどととぼけることも難しいでしょう――今しがたの対応を見ればあの得体のしれない黒い何かを初めて見たわけでもないということくらい容易に察しがつきます。

「えっと……あれはですね……なんと説明すればいいのやらって感じなのですけれど……」すすす、と瞳が私から逸れて窓の外へと向きます。

おいおい逃げるな、と私は顔を傾け視界を遮り、めいっぱい笑います。

「あれ、何なんです？」

「お、お客さま……近いです……」

「話してくれれば離れて差し上げますけど」

私がそう答えると、ルノワさんの黒い瞳が私を見つめ、

『えっ……じゃあ話さなければずっと一緒にいてくれるということですか……？』

そしてなぜか本棚の向こうからそんな声が漏れてきました。

本棚の向こう。

まあ要するに件の黒いよく分からない物体のほうから聞こえてきたのですけれども。

「…………」

どういうことですか？　という言葉を込めて私はルノワさんに対して再びにっこりと笑ってみせました。

「えっと……その……これはですね……」

はわわ、と彼女は私から更に視線を逸らしつつ、頬を染めています。なに照れてんですか。

尚も扉は叩かれ、その向こうからは小さな声が囁かれます。『恥ずかしい』『ばれちゃった』『いか

ないで』などと。

言葉の数々はまるでルノワさんの心を映し出すかのように語られていきます。

もしかしてですけれども。

「あの黒い変な生き物って、ルノワさんの分身……みたいな存在だったりします？」

状況から鑑みて大体そのような推測に至るのが自然ではないでしょうか。まるで宿から客が去ることを惜しむように縋りついてきてますし。

そしてどうやら私の憶測はおおむね正しかったようです。

「……うっ」

私の言葉にルノワさんは苦い顔を浮かべます。

『ばれちゃった』

そして背後からはそんな台詞が囁かれていたのでした。

なるほどなるほど。

「…………」

じゃあ説明してもらう義務がありますよね？　と私は言葉語らずにっこり笑って見せました。

「……すみません」

そして彼女は、観念したように、ぽつりぽつりと語り始めるのです。

それは途方もないくらいに大昔の話です。

一匹の竜が世界のあちこちを旅していました。どこにでも行くことのできるこの竜は特定の棲み処を持つことはなく、歩みを止めることもなく、ただあてもなく彷徨っています。

図体のわりに臆病なこの竜は、いつでも誰かに迷惑をかけているのではないかと思いびくびくとしていました。食糧である木を食べるときも、鳥が驚いて飛び立てば迷惑をかけてしまったことにひどく落ち込みました。湖で水を飲む際はそこに住まう魚たちに迷惑がかからないようゆっくりと飲みました。それでもうっかり魚を飲み込んでしまった際は三日ほど立ち直れないくらいに罪悪感に苛まれました。

この不思議な竜は、過剰なほどに臆病な生き物だったのです。

『かなしい』

ひどく落ち込んだ日は、竜は綺麗な景色を眺めて心を落ち着かせました。

それは山の頂から眺めた雲海であったり、湖に生えた一本の柳であったり、あるいは朝日に照らされたただの山であったり、あるいは人々が住まう街の景色であったり。

世界のそこら中に、竜の心に安らぎをもたらしてくれるものが溢れていました。

『うらやましい』

竜はその中でも街の情景を眺めるのが特にお気に入りでした。

遠くから眺める街並みには、自然界のどこにも存在していない美しさがありました。それらの光景を、竜の足跡よりも小さな生き物たちが寄り合い作り上げたと知り殊更衝撃を受けました。

竜の図体では触れることすら適わない美しさに、竜はいつも見惚れていました。

いつか人と触れ合うことを竜は望みましたが、しかし身体が大きすぎる竜には難しい話です。ただ人との関わり合いを持つことを夢に見ながら、竜は孤独な日々を過ごしました。

そんなある日のことです。

『……？』

いつものように孤独に過ごしていた竜は、背中にわずかな違和感を覚えました。なんだか妙な重みがあるというか、得体のしれない何かにとり憑かれている気がするというか、何かが乗っかっているというか、何というか、そうですね、察しの悪い方のために具体的に言うとなんだか家が背中に乗っかってるような気がしたんですね。

そして竜は、いつものように湖でお水を飲んでいるときに気づきました。

『あ……背中に家が乗っかってるわこれ……』

などと。

………。

いやいやいやいや。

「何ですかその展開」

孤独な竜の話かと思ったら突然家が背中に乗っかるなどという意味不明な展開に思わず顔をしかめる私でした。何です？　一体何が起きたんです？

「きっと木の中に住んでいる精霊たちが、奇跡の力をもたらしてくれたのでしょう……ろまんちっくです」

大真面目な面(つら)してよく分からないことを仰るルノワさんでした。

まあ、普段からこの竜とやらは木を食べてるみたいですし、きっと木に宿っている魔力がなんだかよく分からない感じに影響して突然変異を促したのかもしれませんね。

ルノワさんのお話は続きます。

「そして竜の背中に家が建った日。竜はもう一つの身体を手に入れました。背中に乗った家の中でも広く感じる程度の小さな小さな竜の身体です」

いやいやいやいやいや。

「すみません何ですかその展開」

「木の中に住んでいる精霊たちが新しい身体を作ってくれたのでしょう……ろまんちっくですね」

「ろまんちっくと言っておけばなんでも許されると思ってません？」

彼女曰く、この小さな竜の身体は外の世界を歩く大きな竜の身体と繋がっており、二つで一つなのだそうです。

小さな竜は民家の中で静かに暮らし、そして大きな竜は相変わらず世界中を歩き回りました。

巨大な竜の背に乗った小さな民家。そのちぐはぐな光景は瞬く間に人々から注目を集めました。

ある日、とある変わり者の旅人たちは、「もしかしたらあそこに誰かが住んでいるのかもしれない」と思い至りました。

旅人たちはそれから大きな竜の背中に飛び乗って、民家の扉を開きます。

旅人たちは驚きました。

なかにはちょうど子犬程度の小さな竜がぽつんと佇んでいるだけでした。

変わり者の旅人たちは竜のいる民家を面白がり、そこに住みつくようになりました。大きな竜の背に乗っていればどこへでも辿り着くことができます。旅人たちにとってこれ以上に便利な移動手段はありませんでした。

民家に住みつく代わりに、民家の中にいた小さな竜に餌を与え、お世話をしてあげました。旅人たちにとってはそれが住居を借りるお礼でした。

変わり者の旅人たちはそうして竜の背で日々を過ごしました。

時間が流れ、やがて旅人たちは旅を終え、所帯を持つようになりました。竜は再び民家で独りぼっちになりました。

それからしばらく大きな竜は孤独に世界を旅しましたが、以前と変わったことが一つだけあります。時折、名も知らぬ旅人が訪れては、数日だけ民家に泊まるようになったのです。

どうやら変わり者の旅人たちと巨大な竜の噂話が各地に広まっていたようです。巨大な竜の背に乗っている民家が宿の代わりに使われていることはもはや周知の事実でした。

旅人たちは平原で竜を見かけると、背中の民家まで上るようになったといいます。その折には必ずと言っていいほど旅人たちは宿代の代わりに食べ物を与えてくれました。

宿の中でぽつんと座っている小さな竜は旅人たちに深く愛されていたのです。言葉が通じずとも、泊まりに来る旅人たちの優しさは小さな竜に伝わっていきました。

さまざまな人と出会い、別れる度に、小さな竜は人を理解していきました。

やがて小さな竜は、このように思うようになります。

『人間になりたい』

などと。

そして、かつて竜の背に民家ができたときのように。小さな竜の身体にも変化が起こりました。ある日、目が覚めると小さな竜の身体から鱗がなくなり、すべすべお肌になっており、髪の毛が生えており、目線が今まで以上に地上から離れており、二本足になっており、まあ、そうですね。お察しの通り人間のお姿になっていたのですね。

「その人間のお姿になった小さな竜というのが、つまるところ、私です」

そして人間の姿になった彼女は、民家で移動式宿屋ルノワというお店を開いたのだといいます。

移動式宿屋ルノワとして店を構えるようになると、連日さまざまなお客さんがやってきて泊まってくれるようになりました。宿泊代を求めない稀有な宿屋である彼女のお店は瞬く間に人気になりました。

昔と変わらず彼女は人と触れ合うことを望んでいたのです。

彼女のお店はたくさんの人に愛され、そしてたくさんの人が旅の最中に彼女を探し求めました。お客さんに喜んでもらえるように業務マニュアルを作り、彼女のもとを訪れたお客さんたちに誠心誠意尽くしたといいます。

無料で泊まることのできる宿屋として彼女のお店は、愛されました。

そして、やがて、廃れました。

彼女の対応が悪かったわけでもなければ、悪評が広まったわけでもありません。ただ訪れた多くの人々にとって彼女の宿屋が過去のものとされてしまったのです。

「お客さまが誰も来なくなってから、時折、私の宿に、妙な声が聞こえるようになりました。黒い影が出てくるようになりました」

時々見えるその影のようなものは、彼女の抑圧された感情を、彼女の代わりに漏らします。退屈と感じていれば『つまらない』とぼやき、悲しければ『かなしい』と泣き出します。

「恐らくあれは竜の上に家が建ったときのような、そして小さな竜が人の姿を手に入れた時のような、この宿屋特有の怪奇現象なのでしょう」

「…………」

「申し訳ありませんお客さま……、あの影は私でも予想できない時ときっかけで現れるのです……。本来ならばお客さまにご迷惑をかける前に消し去るべきだったのですが……」

しかし黒い影は、私がこの宿を去る直前に、はっきりと姿を現してしまいました。

「本当に、本当にご迷惑をおかけして申し訳ありません……！」何度も何度も頭を下げながらルノワさんは言います。「ここから先は私にお任せください！　アレは私がなんとか倒します。お客さまにはご不便をおかけしますが、バルコニーからチェックアウトしていただければ――」

彼女はまくしたてるように私に言いました。

私たちの背後から扉を叩く音は次第に激しさを増しています。

破られるのは時間の問題です。

非常時はバルコニーから外に出られるようになっているだとか、お詫びの品として竜の鱗を差し上げるだとか、とにかく黒い影が出現した不祥事を収めようと必死になっていました。

私はそんな彼女を後目にぼんやりと思考を巡らせます。

この宿で過ごした一週間はとても心地のよいものでした。過去にここに泊まったお客さんたちはきっと誰もが今の私と同じような感想を抱いたはずです。

こんなにもいいお店なのに無料なんて。

きっと昔は無料で手軽ゆえに人々は話題とともに群がったのでしょう。しかし無料で手軽ゆえに、人々の熱は冷めると同時に誰も来なくなってしまったのでしょうか。

労せず手に入れたものは大事にされにくいものです。

いい物にはやはり正当な対価を支払うべきなのです。

だから私は、慌てふためきこの場を収めようとするルノワさんに、言いました。

「チェックアウトはお仕事のあとでもいいですか？」

そして私は杖を出しました。

黒い手の数々が扉を破ったのは、それとほぼ同時のことでした。

○

「ルノワさん。あの黒い影ってどうやったら倒せますか？」

本棚を破り、ずるずると私のほうまで伸びてくる黒い手を一つ一つ杖でぺちぺちと叩き落とし、靴(くつ)で踏みつぶしつつ、私はバルコニーのほうであわあわとしているルノワさんに尋ねます。

今までご一緒していたのならば倒し方くらい分かるでしょう?

「た、倒し方、ですか……?」

「はい。どうやるんですか?」ぺちぺちと黒い手をはねのける私。

「…………」

「…………」ぐりぐりと黒い手を踏みつぶす私。

やがて彼女はとてもとてもゆっくり首をかしげながら、

「分かんないです……」

とのたまいました。

わかんないですかー。

「あれは姿を現しても、しばらく無視をしていれば消えていましたから……。こんなにも暴れるのは今回が初めてのことなのです……」

なるほどなるほど。

と、頷いた直後に扉の向こうから更に無数の手が伸びてきました。

「ありゃ」

お話ついでに払いのけるのは難しそうですね——私はほうきを出して、即座に床を蹴り、バルコニー付近でおろおろしていたルノワさんを攫(さら)いつつ宿屋の上空へと舞いました。

「ぴゃあああああああああああ！」

彼女と初めてお会いした時のような悲鳴が空の上にこだまします。

眼下に見えるのは地上を悠然と歩み続ける移動式宿屋ルノワ。三階のバルコニーからは黒い手が這い出て風に揺れてふらふらと揺れています。

やがて揺れ動く黒い手の一つが宿屋の屋根を掴むと、手が膨らみ、姿かたちを変え、ルノワさんの姿へと形を変えました。

変幻自在の黒い影は、そうして屋根の上から私たちを見上げるのでした。

その目には、怒りと悲しみが同居しているように見えました。

「どうして怒っているの……？」

戸惑い、ルノワさんが私のローブの袖をぎゅっと掴みます。

私にはなんとなくあの黒い影が怒っている理由が分かるような気がしました。

「ルノワさん。初めてお会いした日に私に言ったこと、覚えてます？」

「……？」

初日。どこを目指して旅をしているのかとルノワさんに問われ、私は「なんとなく行ける場所に行っているだけです」と答えました。

その際にルノワさんは私に言ったのです。

「私と同じですね、って言ったんです」

「…………」

どこにでも行けることはとてもいいことですね――とも。

けれど私は、ルノワさんと共に一週間を過ごしながら常々疑問でした。

本当に私と彼女は同じなのでしょうか。確かに私もルノワさんの同じく目的地などなく旅をしているのかもしれません。

「私とルノワさんの旅に対する定義は異なっていると思います」

旅先での過ごし方はルノワさんと私ではまるで違います。

「綺麗な街並みがあってもルノワさんは国に入ったことはないと言っていましたよね。美しい道を見ても通ったことはないとも語っていました。あなたが紹介してくれる景色の数々はとても美しいものばかりでした。けれど、触れられるものはほとんどありませんでした」

そこが私――あるいは一般的な旅人と彼女の違いなのです。

「旅先ならではの物を食べて、人と触れるのが一般的な旅ならば――私が過ごしている日々ならば、あなたの旅は、ただその光景を遠くから眺めているだけなんです」

どうしてでしょうか。

「触れるのが怖いんですか？」

触れてしまえば壊れてしまうとでも思っているのでしょうか。

巨大な竜でしかなかった頃ならばいざ知らず、しかし今は人と同じような姿かたちをしているというのに。

怖がる必要など本当はないのです。

「人はわりと頑丈ですよ」

だから大丈夫です——と私は彼女の手をとり、言いました。

かけて欲しい言葉があるなら待っているだけでは駄目なのです。ただ黙っているだけでは、見ているだけでは、与えるだけでは、誰もあなたの心を理解してくれないのです。

「無視をしないで、きちんとお話を聞いてあげてください」

「お話を、聞く、ですか……」

「ええ」

「でも、あんな状態じゃあとてもお話なんて——」

「その辺は多分私がなんとかできそうなので大丈夫です」

「でも——」

「はい。じゃあ行きましょうか」

「え？　いや、ちょっと——お客さま？」

「えい」

私はそして問答無用でほうきを傾け、地上に向かって急落下しました。

ぐだぐだ考える前にまず行動です。無鉄砲とも無計画ともいえますが、まあこんなことも旅人らしいといえばらしいのではないでしょうか。

「ぴゃあああああああああ！」

背後から叫び声を聞き流しつつ、私は杖を構えます。

黒い手の数々が上空から落ちる私たちに向けて伸びてきたのです。

対処は容易でした。手の数々に順番に魔法を浴びせて、切り、潰し、凍らせ、溶かし、砕き、割り、花に変えていきました。

一つひとつ丁寧に消していきました。

やがて屋根の上に私たちは落ちます。

『いかないで』

手が伸びます。

私は杖で払いのけました。

『いかないで』『いかないで』『いかないで』『いかないで』『いかないで』『いかないで——』

何度も何度も手が伸びます。

「そんなこと言われましても——私、もうチェックアウトしなければならないんですよ」

私はその度に叩き落としながら、黒い影との距離を、ゆっくりと詰めていきました。

何度も何度も、すがりつくその手を叩き落としていきました。

『かなしい』『かなしい』『かなしい』『かなしい』『かなしい——』

一つ一つ、私は叩き落としていきました。

初めて見たときはその得体の知れなさに警戒をしたものですけれども——しかし対峙してみれば何てことはありません。この手の数々は私に触れて、摑むことはありますが、しかし決して危害を加えてくることはないのです。

「何がそんなに悲しいんですか？」

やがて、私から手を伸ばせば触れられる程度の距離まで近づいた頃。

黒い影は手を降ろし、その場でへたり込み、囁きました。

『私の宿には、何度も来るほどの価値がないのですか……？』

移動式宿屋ルノワ。

ここが繁盛（はんじょう）していたのは過去のこと。

今はもうお客さまと呼べるような相手はほとんど来ていません。それでもいつか来るお客さんを待ちながら、彼女はずっとお部屋を綺麗に綺麗に掃除しながら、待っていたのです。

待ち続けた日々が、一人過ごしていた日々が、黒い影を——彼女の本音の姿を生み出したかもしれません。

「…………」

黒い影こそが自身の本音であることは、他者に漏らすことなく秘めていた自分自身だということは、きっと彼女も薄々感づいていたのでしょう。

ルノワさんは黒い影の前に出て、しゃがみました。

「……私にとってこの宿屋での日々は素晴らしいものでした」

人間になることを憧れ、叶えた彼女にとって、宿で人と触れる日々はきっと生きてきた中でも最も幸福な時間だったのです。

「だから私は悲しかったのです——時代が流れ、誰にも見向きもされなくなる日々が、悲しかったのです」

彼女は、言いました。

「訪れたお客さまと共に見た景色のなかに、価値のないものなんて一つもなかったのに」

それなのに、彼女の存在は過去になってしまったから。

誰も来なくなってしまったから。

そんな現実が受け入れられなくて、彼女の宿屋は影を生んだのでしょう。

けれど。

私は二人の横にしゃがみながら、言いました。

「これは推測ですけれども――あなたの宿に価値がないから誰も来なくなったわけではないと思いますよ」

こんなにも素敵な景色で溢れている宿屋なうえに、無料で泊まれるような宿屋なのです。価値のないものと断ずるにはあまりにも豪勢が過ぎます。

きっとここを訪れたほとんどの客が夢のような日々を過ごしたことでしょう。

「お客さんの多くは私のようにこの宿での日々をよい日々と思っているはずです」

けれど、単純に、その思いを伝えることがなかったというだけの話です――と。

きっとここを訪れた多くの客にとって夢のような日々ではありましたが、しかし気まぐれ的に平原を漂っている移動式宿屋は、人生で一度きりの体験という風に思われてしまったのかもしれません。

私は影と、そしてルノワさんの手を取り、言います。

「思いはきちんと伝えてあげてください」

でなければ、きっと伝わらないのです。

そうしてルノワさんは黒い影と向き合います。

「……そうですね」こくり、一人頷きながら、彼女はそして言うのです。

「あなたも、私の一部」

今まで無視していて、ごめんなさい——と。

その一言を受けて、黒い影は安堵したような顔を浮かべてから、消えました。

陽の光が降り注ぐ平原のもと、ルノワさんのもとに差し込む影の中へと、消えました。

○

紆余曲折ありましたが、こうして宿屋の日々は再び終わりを迎えました。

平原の真ん中で大きな竜は止まり、そしてお別れの挨拶としてルノワさんが深々とお辞儀を一つ。

「またお越しくださいませ。お客さま」

マニュアル通りのご対応でした。

「はい。また機会があれば、ぜひ」

そしてまるでマニュアル通りの言葉を返しつつお辞儀を返す私でした。しかし平然とそのような言葉を返しただけではただの社交辞令と受け取られかねませんね。

私は本当にまた来たいと思っているというのに、落胆されてはたまったものではありません。

「また平原で見かけたら、そのときは絶対に来ますので、三階のお部屋、貸してくださいね」

ルノワさんは泣きました。

「お、お客さまぁあああ……」

彼女は大粒の涙を流しながら泣きます。「お客さまにそう言って頂けただけで私は生きてきた価値があるというものです……ううう……」

「大げさですね……」

「もう今日が命日でもいいくらいです……」

「ほんと大げさですね……」

嘆息しつつ私は荷物を抱えます。

カウンターに背を向け、扉まで歩むと、ルノワさんが小走りでとてとてと私を追い越し、扉を開けてくれました。

お店の外は晴天。

陽射しが扉から差し込んでいます。

私は光の中に入り、そして振り返り、彼女に再びお辞儀をひとつ。

「それでは」

さようなら――と、手を振り、歩き出します。

直後です。

「――――」

わずかに聞こえる程度の囁きとともに、ローブの裾が、つままれた気がしました。

振り返れば扉の横で俯いているルノワさんがおりました。

私は彼女の手に触れて、答えます。

「また来ます」

だからそのときまで、待っていてください――と。

彼女は顔を上げて、言いました。

「またのご来店、お待ちしています」

子供のように無邪気に笑いながら、言いました。

○

「緑が生い茂る平原に大きな足跡がついていることがあります。人の身体が丸ごと収まるほどに大きなその足跡は、移動式宿屋のものだといわれています」

とある国を訪れたときのことです。

丁度この辺りの地方に来たばかりの旅人さんに、「何か面白いものはないかい」と聞かれましたので、私は「それならとても興味深いものがありますよ」と一つお話をして差し上げました。

移動式宿屋ルノワ。

「それは決まった場所に現れることは決してなく、この辺りの地方を気まぐれ的に彷徨っているものです。旅の最中に遭遇するかどうかは運次第です――」

旅人さんは私の話に耳を傾けながらも、そのおかしな特徴に、

「まるで生きているみたいだな」

と興味を示しておりました。

「ええそうです。仰るとおり生きているんですよ」

然りと私は頷き、それから宿屋の特徴を列挙(れっきょ)していきました。

姿はまるで竜のよう。体軀は黒い鱗に覆われており、翼はなく、代わりに庭付き三階建ての宿屋が建っています。ゆっくりと平原を移動しており、常に絶景と共にいるようなもの。店主のルノワさんの接客はとても素晴らしく、料理もおいしく、夢のような日々を支えてくれます。

「それから――」

私はお話の締めくくりとして、旅人さんに、言いました。

「何度も通いたくなるよい宿屋です」

第七章

それからの二人の話

とある国を二人の魔法使いが歩いていました。

二人は桃色の髪を後ろ一つで結んでいます。

仲睦まじく笑いあう二人はまるで姉妹のように見えました。事実、お揃いのローブを着込み、国の門から歩む彼女たちに、露店の店主は、

「おや。珍しいねえ。双子の旅人さんかい」

と声を掛けていました。

二人が双子の姉妹と見られることは珍しくないのでしょう。

「オレ様たちのことか？」

店主に気づいた双子の姉らしきほう——少し背の高いほうの女性が、こちらへと歩みを寄せます。

気の強そうな女性でした。

彼女は店先に並ぶパンを眺めます。

「ふむふむ」

じろじろと品定めするかのように姉らしき女性はパン一つひとつに顔を近づけます。やがて、ひとしきり見たのちに、彼女は一言、

「きのこはないか？」

「え、きのこですか？」

「オレ様はきのこ入りのパンを所望する」

「はあ……まあ、なくはないですが――こちらがきのこ入りのパンになりますね。買われますか？」

「うむ」姉らしき女性は頷きます。直後に、「お前、何か食うか？」と、遅れてやってきた妹のような女性に尋ねます。

近くで見れば見るほど二人の顔立ちはそっくりでした。

しかし恐らくは性格はまるで違うのでしょう。

へらへらと笑っている姉のような女性に反し、妹のような女性はどことなく憮然とした表情をしていました。

「私はお前ではありません」

つーん、と顔を背ける妹のような女性でした。

仲が悪いのでしょうか。

「あーはいはい。悪かったな。何かいるか？　リエラ」

妹はリエラというようです。名前を呼ばれただけで機嫌が直ったのか、彼女は店主を見つめてひとつ尋ねます。

「きのこが入ってないパンはありますか？」

「大抵のパンがそうだろうよ」

姉の言う通りです。

「そちらのお姉さんが買ったパン以外は全部きのこが入っていませんが……」

「なるほど」

頷き、リエラと呼ばれた妹は、姉と同じようにパン一つひとつに顔を眺めて、やがて、

「じゃあこれで」

となんとも無難（ぶなん）なパンを選びました。

「毎度」

店主はパンをそれぞれ包（つつ）み、お金と引き換えに二人に渡します。

よく似た姉妹はそれぞれきのこ入りと、そうでないパンを受け取ると、揃（そろ）ってお辞儀（じぎ）を一つ。

それからリエラと呼ばれた妹のほうが姉を手で招（まね）いて、歩き出します。

「さ、行きますよ、リエラさん」

などと、言いながら。

「へいへい」

面倒（めんどう）くさそうに返事をするのは、妹と同じ名で呼ばれた姉。

まったく同じ名前の二人の旅人は、それから街の喧騒（けんそう）の中へと紛（まぎ）れていきました。

「やっぱお前がオレ様を呼ぶときは別の名前のほうがいいんじゃないかと思うんだけど」

人込みの中を歩きながら、夜のリエラは朝のリエラに言いました。呪いの刀であった彼女をリエラと呼ぶことに一方的に決めたのは朝のリエラ。「ここ二年間ずっとリエラと名乗っていたのですからもうリエラでいいでしょう」と夜のリエラを自らと同じ名で呼ぶことに決めてしまいました。

「ややこしくねえの？」

夜のリエラさんは単純に疑問でした。

しかし、彼女の言葉に朝のリエラさんは、軽く首を振ります。

「別にややこしくはありませんよ」

首を振りながら、あっさりとそのように答えるのです。

「…………」

——もうとっくに私はあなたの一部です。

——あなたも私の一部です。

いつか朝のリエラが夜のリエラに語った言葉が、ふと呪いの刀たる彼女の脳裏に蘇ります。

二人で一人ならば、別々の名前で呼ぶというのは確かにおかしな話なのかもしれません。

「しかし随分な人込みですね……酔いそう……」

二人並んで歩く最中。

朝のリエラがため息を漏らします。

元々引っ込み思案だった彼女はあまり騒がしい場所は得意ではないのです。眉根を下げて、すれ違う人と人の群れに目を回していました。

せっかく買ったばかりのパンを食べながら歩こうと思っていたのに、そんな余裕すらないほどに街の通りは人で溢れています。

「あわわわわ」

杖を握り締めながらも目を回す朝のリエラ。

「…………」

そんな様子を眺める夜のリエラ。

「あわわわ」

「…………」

それでも人込みは容赦なく流れ続けます。

あなたは私の一部です——なんて言葉をかけておきながら、情けないことこの上ありません。

徐々に、ほんの少しずつ、朝のリエラは夜のリエラから離れて行ってしまいました。

まったくもって手が焼ける。

夜のリエラは、嘆息をつきながら立ち止まり、振り返り、手を伸ばしました。

「ん」

人込みの中で、大した言葉をかけることもなく不器用に伸ばされた手。

朝のリエラはやがて立ち止まると、その手を見つめて、少しだけ、嬉しそうに笑いました。

「ありがとう」

そして朝のリエラはその手をとり、再び歩き出すのです。
呪いと共に。

あとがき

「おかしい……仕事が増えているのに締め切りが短くなっている……」

体感的には大体仕事量が倍に増えたかわりに締め切りが半分に減ったくらいの感じだった。白石定規はたいそう焦った。どれくらい焦ったのかといえば、趣味にしているランニングの最中に「そうだ、今日はちょっといつもと違う道に行ってみよ～」というクソほど軽いノリでよくわからない道に逸れた結果、見たこともない畑道にまで辿り着いてしまい、帰り道もわからず、どこに進めば元の道に戻れるのかも分からなくなり、所持金0円、スマホ無し、唯一持っているものは家の鍵のみという絶望的な状況の中、陽は暮れ、雨まで降ってきて「うわぁもうだめだぁ」と半泣きになった時くらい焦った。

ちなみに適当にそのまま走っていたら見覚えのある道まで戻れて無事帰還できました。翌日は筋肉痛でした。

それはさておき。

大体そんな感じで死にかけていたわけですが、今回もギリギリになりながらも原稿は終わりました。各方面にご迷惑おかけして申し訳ないですが、恐らく十四巻もギリギリのスケジュールになるんじゃないかなと……思います……すみません……。

さて、ところで。

あとがきの前にまずは各話コメントから入りたいと思います。

がっつりネタバレ含めたコメントになりますので、本編がまだの方は回れ右でお願いします。

それではどうぞ。

●第一章『旅人の一日』
インタビュー形式で魔女の一日をまとめた話ですね。いやあ下衆い商売で稼ぐ魔女もいたもんだ。

個人的にはこの話はプロローグ的なお話かなと思っています。

●第二章『常夏に降り積もる雪とゆるふわ愛され女子』
最初から最後までコメディに振り切った長編を書くのは久々な気がします。ちなみに書いている最中に何度か「ぼくは一体どうしてこんな話にこんなページ数を割いているんだ……？」と我に返りかけましたがなんとか最後まで書ききりました。個人的にはウルスラさんみたいにネジの外れたキャラは結構書きやすいので好きです。

●第三章『安楽死』
後ろ向きなことに前向きというお話でした。

ＳＮＳを開始する際の規約から通信事業者への契約の際に至るまで、長ったるい説明が必ず差し込まれるものなのですが、しかしこれらの説明は誰も耳を傾けていないものですよね。けれど契約を結ぶ事業者側は説明しなければならないので延々とお話をするのです。「まあたいして大事な話でもねえだろー」と鼻をほじりながら大半の消費者は聞き流すのですが、しかし話している内容は全部大事だから話しているんですよね……。ちゃんと聞かないとだめですね……。

●第四章『刀の呪いと二人の話』

多重人格のキャラは長年書きたかったのですが、今回はひとまず刀に宿った人格が人間にも乗り移った、というお話になりました。厳密に言えば多重人格ではないですね。

呪いの武器の話において夜のリエラは恨まれながら生まれたわけですが、しかし恨まれ呪われ生まれたとはいえ幸せになっていけないわけではないと思っています。

機会があれば本当の多重人格キャラの話もやりたいですね。

この話はエピローグの『それからの二人の話』へと続きます。

●第五章『灰の魔女のお悩み相談所』

事あるごとに怪しげなお仕事をしているイレイナさん。

この話を十三巻に入れると決めた頃になって「やべーなマゾとかサドとか書いてる話もうあるんだけど……どうしよ……」と頭を抱えたわけですが、あれこれ考えた末に「まいっか」と思い至り、エピソードの一つとして収録することになりました。

●第六章『移動式宿屋ルノワ』

さみしがりのルノワさんのお話でした。

あちこちを移動する宿屋の話、というアイデア自体はずっと前から持っていたのですが、どんな話にすればいいのやらまったく見当もつかず長い間寝かせ続けた結果、今になって執筆するに至りました。

僕たちが小さい頃に愛されていたお菓子が製造を終える、というニュースがSNSで拡散された際に、よく見かけた言葉が「好きだったのに」「もう一度食べたい」という、喪失を惜しむ声でした。けれど決まったものは覆りません。惜しまれる頃には手遅れになってしまったのです。愛されているものはそこにあることが当たり前になってしまうと価値を失い静かに存在を失っていくものです。失うことを嘆く前に、好きなうちに好きだと伝えてあげることがきっと大切なのでしょうね。

●第七章『それからの二人の話』

今回の巻のエピローグ的な話になります。今回の巻というか第四章のオチ的な話になりますね。

今回の巻では最後の一章になりそうだなー、という話が二つほどあり、『移動式宿屋リエラ』も『刀の呪いと二人の話』もどちらもオチにできそうなんですけどどうしましょー、と書き終わった後に頭を抱えることになりました。なんやかんや話し合った結果、ラストの章自体は『移動式宿屋ルノワ』になり、エピローグが『呪いの刀と二人の話』になりました。余談ですが今回は久々に長編が結構な数あったのでめっちゃ疲れました。

そんなわけで各話コメントでした。

ところで話は変わりますが、最近運動不足気味なのでフラストレーションが溜まりに溜まりまくりましてね、ついにジムに入会してしまいました。最近はウェブ入会というものがありまして、ジムに行かずとも在宅で入会できちゃう素敵なシステムがあるみたいなんですね。しかし入会したはいいものの、「おいおいひょろひょろのもやしがやって来たじゃねえか」「どうした？　貧相な身体を晒しにきたのか？」「お前ごときの体型でどこを鍛えるつもりだ？　メンタルか？」とか煽られたらどうしよう、豊満なシックスパックに囲まれたら泣いちゃうかもしれない、などと怖れて未だにお店には行けていない。たすけて。

以前買ったルームランナーが引っ越しとともに使えなくなったことから色々と近況が変わり、ランニングに手を出し、そして今ではジムにも加入しておる。

年々アクティブになっている気がするので多分来年あたりにはスカイダイビングあたりやってる気がします。

ちなみに話は変わりますが、『魔女の旅々』のアニメは十月から放送開始予定、とのことです。日々色々なチェックのためにメールがどっさり送られてくるのですが、資料を見つついつも楽しみにしています。

十月まで残り僅かですが、一緒にそわそわしながら待っていただけると嬉しいです。

それでは謝辞に入りましょう。

担当編集Mさま。

今回は特にギリギリのスケジュールとなりました。十四巻ではギリギリを攻めないように気を付けたいと思っていますが、また十三巻と同じような感じになったらすみません。

あずーる先生。

いつもありがとうございます。今回も表紙最高でした……。それと、今回の十三巻では「設定資料集付き特装版」があるのですが、実際僕も未だ見たことのないイラストも何点かありまして、「す、すげえ……これが蔵出しの秘宝かぁ……」と思いました。最高でした。

七緒一綺先生。

コミカライズ版、いつも楽しみにしています。特に「逃げる王女、追うのは誰か」の章では改めてショコラさんめっちゃ可愛いな……と思いました。

アニメスタッフの皆さん。GA文庫ライツチームの皆さん。

大変な社会情勢の中で尽力していただき、本当にありがとうございます。十月のアニメの放送、視聴者としても、原作者としてもとても楽しみです。

以上、謝辞でした。

『魔女の旅々』十四巻は十月発売予定です。ドラマCDが付いてくる特装版もあるんですが、今回も好き放題に脚本を書かせてもらいました。楽しんでいただけたら嬉しいです。

また十四巻でお会いしましょう。

それでは！

文＝白石定規

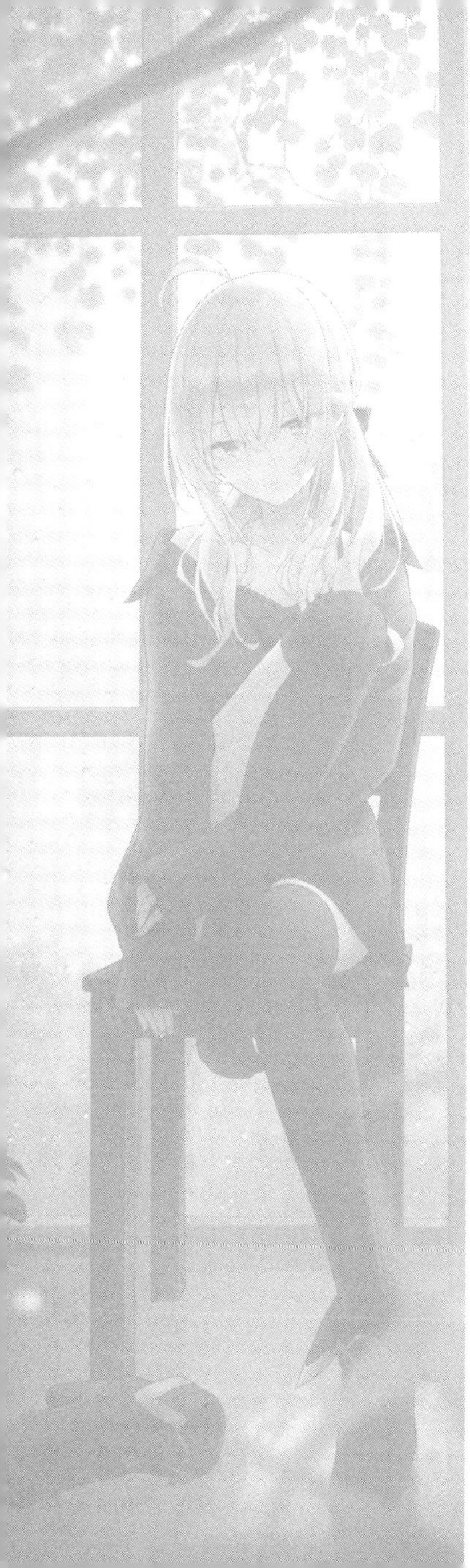

魔女の旅々 13

2020年7月31日　初版第一刷発行
2020年11月30日　第四刷発行

著者　白石定規

発行人　小川 淳

発行所　SBクリエイティブ株式会社
〒106-0032　東京都港区六本木2-4-5
03-5549-1201　03-5549-1167（編集）

装丁　AFTERGLOW

印刷・製本　中央精版印刷株式会社

ISBN978-4-8156-0486-8
Printed in Japan

ファンレター、作品のご感想をお待ちしております。

〒106-0032　東京都港区六本木 2-4-5
SBクリエイティブ株式会社
GA文庫編集部 気付

「白石定規先生」係
「あずーる先生」係

本書に関するご意見・ご感想は
下のQRコードよりお寄せください。
※アクセスの際に発生する通信費等はご負担ください。

試読版は
こちら!

試読版は
こちら!

八歳から始まる神々の使徒の転生生活３

著：えぞぎんぎつね　画：藻

「ウィル！　一緒に竜のひげを採りに行こう！」

ロゼッタに最高の弓を作ってあげようとしていたウィルに、勇者レジーナが突然そんなことを言い出した。彼女曰く、弓の弦には「竜のひげ」が最適で、竜の住む山に行って竜を投げ飛ばしつつ大声で叫べば、竜王が出てきて話を聞いてくれるらしい。

当然、そこで竜王と戦うことになるウィル。だが、戦いが済んだあと、竜の赤ちゃん・ルーベウムと竜王との間に、意外な関係が発覚して――!?

「ぼくの名はフィー！　人神の神霊にしてウィル・ヴォルムスの従者なり！」

一方、降臨した小さな女の子に名前を付けたウィルは、新たな従者を仲間にするが……!?